Las deliciosas historias de la taberna Kamogawa

Hisashi Kashiwai (Kioto, 1952) estudió Odontología en la Universidad Dental de Osaka. Tras licenciarse, regresó a su ciudad natal para ejercer como dentista. Ha escrito todo tipo de libros sobre Kioto y colaborado en programas de televisión y revistas. *Los misterios de la taberna Kamogawa, Las deliciosas historias de la taberna Kamogawa* y *Las recetas perdidas de la taberna Kamogawa*, publicadas en español por Salamandra, son las tres primeras entregas de una serie que consta hasta ahora de once novelas y ha sido adaptada a la pantalla por la NHK TV. Auténtico fenómeno internacional, se halla en curso de traducción en todo el mundo. *Los sabores secretos de la taberna Kamogawa* es el título de la nueva entrega de esta serie.

HISASHI KASHIWAI

Las deliciosas historias de la taberna Kamogawa

Traducción de
Víctor Illera Kanaya

DEBOLS!LLO

Papel certificado por el Forest Stewardship Council®

Penguin
Random House
Grupo Editorial

Título original: 鴨川食堂 おかわり *(Kamogawashokudo Okawari)*

Primera edición en Debolsillo: marzo de 2026

Printed in Spain – Impreso en España

ISBN: 978-84-663-9089-7
Depósito legal: B-21.647-2025

Impreso en Black Print CPI Ibérica
Sant Andreu de la Barca (Barcelona)

P 3 9 0 8 9 7

LAS DELICIOSAS HISTORIAS DE LA TABERNA KAMOGAWA

I

Nori-ben

海苔弁

1

Kyosuke Kitano bajó del expreso en la estación de Shichijo, salió a la calle y se quedó un momento observando la corriente del río Kamogawa. Ya hacía cinco años que se había mudado de Oita a Osaka, pero era la primera vez que visitaba Kioto.

Llevaba una bolsa de deporte azul marino con el nombre de la universidad donde estudiaba. Las asas se le clavaban en el brazo musculoso, y le caían gotas de sudor por el ancho cuello. Echó a andar rumbo al oeste con un mapa en la mano, entornando los ojos para protegerse del sol que destellaba en la superficie del agua.

Al cruzar la calle Kawaramachi volvió a examinar el mapa dándole la vuelta para ajustarlo a la disposición del paisaje y encarándose inconscientemente a un lado y a otro. Repartió miradas inquietas a derecha e izquierda y finalmente ladeó la cabeza: estaba perdido.

—Disculpe, ¿por dónde se llega al templo Higashi Hongan-ji? —le preguntó a un repartidor que estaba poniendo un paquete con comida en la cesta de su bicicleta.

—¿A Higashi Hongan-ji? A ver. Sigue recto por aquí y después de pasar la calle Karasuma gira a la derecha —repuso el otro señalando al oeste con el dedo. Luego, sin solución de continuidad, se subió a la bicicleta, dio una pedalada y se alejó.

Kyosuke corrió tras él.

—¡Busco una taberna que está en la calle Shomen-dori!

El repartidor apretó el freno.

—¿La del señor Kamogawa?

—Exacto: la taberna Kamogawa —respondió él mostrándole el mapa.

—En ese caso, la tercera calle a la derecha y luego la segunda a la izquierda. Es el quinto edificio a mano izquierda —indicó el otro sin titubeos, y volvió a reemprender la marcha.

—¡Muchas gracias! —le gritó Kyosuke haciendo una reverencia mientras se alejaba.

Fue contando las calles y después los edificios hasta que llegó al establecimiento. Era exactamente como le habían dicho: una construcción anodina, enlucida con mortero, sin ningún rótulo que la identificara como una taberna. Se llevó las manos al pecho y respiró hondo, luego abrió la puerta corredera y soltó un «¡buenos días!» elevando innecesariamente la voz.

—Bienvenido —le respondió un hombre que en ese momento pasaba la bayeta por la barra. No parecía en absoluto enfadado, más bien tenía un gesto amable.

Avergonzado, Kyosuke bajó la cabeza y añadió con voz nerviosa:

—He... he venido a pedirles que me ayuden a encontrar un plato.

Nagare Kamogawa sonrió.

—Tranquilo, chico, que aquí no nos comemos a nadie —dijo mientras le ofrecía una silla—. Ven, siéntate.

—Muchas gracias.

Pese a que se sentía más tranquilo, Kyosuke avanzó con el cuerpo tieso y se sentó con movimientos de robot.

—Antes que nada, ¿tienes hambre? ¿Quieres comer? —oyó que le preguntaba el hombre.

—Pues... no lo sé. ¿Se puede?

—Hombre, ya que has venido hasta aquí, podrías aprovechar antes de que nos pongamos manos a la obra, ¿no? —repuso Nagare, y se fue a la cocina sin darle tiempo a decir nada más.

—Eres estudiante, ¿verdad? —le preguntó una chica a la que no había visto hasta ese momento. Era Koishi, la hija de Nagare. Iba vestida con vaqueros negros, blusa blanca y delantal de sumiller. Se acercó para servirle un té frío—. Y sin duda también deportista, ¿no? —añadió sonriendo con picardía—. Yo diría que practicas kendo, ¿o quizá judo?

—Pues... no.

—Esos músculos son de alguien que practica artes marciales —dijo ella mientras tocaba con dos dedos el bíceps de Kyosuke.

—Mi deporte es... menos agresivo —explicó él apurando el vaso de té y masticando el hielo.

—¿Estudias en Kioto?

—No, no. He venido de Osaka. Estudio en la Universidad de Educación Física de Kinki. Por cierto, me llamo Kyosuke Kitano.

Se levantó e hizo una reverencia.

—Mmm... tu cara me suena muchísimo —comentó ella mirándolo fijamente.

Él sonrió avergonzado.

—¿Cómo supiste de nosotros?

—Ah, sí... es que... acostumbro a comer a diario en la cantina de la residencia de estudiantes donde vivo y un día, charlando con el cocinero, le hablé de un plato que solía comer de niño. Debe de haberme visto la ilusión en la cara porque me lo preparó para la comida siguiente; sin embargo, cuando lo probé... simplemente no sabía igual. Cuando él se dio cuenta, me habló de ustedes y me enseñó el anuncio de la taberna en la revista *Ryori-Shunju*.

—Ya —repuso Koishi mientras limpiaba la mesa a conciencia.

En ese momento apareció Nagare con la comida en una bandeja de aluminio que puso sobre la mesa.

—Si te quedas con hambre me lo dices y te traigo más, ¿de acuerdo?

—Pero... ¡esto es impresionante! —exclamó Kyosuke. Resopló mientras miraba la comida como si hubiera descubierto un tesoro.

—El arroz es de la variedad tsuyahime que cultivan en Yamagata —comenzó a explicar Nagare—. ¡Te he puesto una buena ración! La sopa de miso con trozos de cerdo lleva tubérculos, aunque no son de Kioto, así que no esperes gran cosa. En el plato grande te he servido un combinado de sabores japoneses y occidentales. Esto es congrio empanado relleno de ciruela y hojas verdes de *shiso*. Aquí tienes *hiyayakko*: tofu fresco con cebollino, rábano, jengibre y salsa de soja. Normalmente lleva bonito seco rallado, pero para éste he usado la piel del congrio deshidratada y cortada en tiras. También te he frito unos pocos pimientos rojos de Manganji; no son picantes, así que ponles unas gotas de salsa Worcestershire casera: la hago yo mismo. En el cuenco pequeño hay caballa con miso y jengibre picado, y aquí, rosbif de ternera de Kioto. Yo le pondría salsa de soja con *wasabi* y me lo comería envuelto en una de esas láminas de algas *nori* tostadas que tienes allí. También te traje albóndigas de pato salvaje en salsa *teriyaki*; puedes mojarlas en la yema del huevo de codorniz. La berenjena Kamo frita está cubierta de curry espesado con harina *kuzu*. Y ahora, ¡buen provecho!

Kyosuke había estado relamiéndose mientras escuchaba.

—Que sepas que me das envidia: a mí no me prepara estas cosas —comentó Koishi—. Está claro que se ha venido arriba con eso de que eres deportista.

—¡Qué bobadas dices! —exclamó su padre, y se encaminó a la cocina.

Ella sacó la lengua con gesto pícaro y se fue tras él como si se la hubiesen llevado de la oreja.

Kyosuke había ido asintiendo a las explicaciones de Nagare, pero lo cierto es que no había retenido gran cosa: aquellos platos eran totalmente nuevos para él. Sabía lo que eran el congrio y la caballa, pero nunca los había probado; había oído hablar de la salsa Worcestershire, del rosbif y del curry, pero no habría podido señalarlos entre los platos y cuencos que tenía delante.

Tras reflexionar en silencio unos instantes, cogió el cuenco de arroz con la mano izquierda y pinzó con los palillos una albóndiga de pato, la mojó en la yema de huevo de codorniz y se la llevó a la boca.

—¡Mmm! ¡Está buenísima! —murmuró sin poder contenerse.

Continuó con el congrio y el rosbif, resoplando de satisfacción en cada bocado.

Le faltaban referentes para valorar aquellos platos, pero percibía un aura de excelencia como la que envolvía a los mejores deportistas del mundo. Se daba cuenta de que, como mínimo, estaba probando una comida fuera de lo común.

Al rato, Nagare le llevó una jarra de té frío y se quedó de pie a su lado.

—¿Te gusta?

—¡Me encanta! Quisiera decir algo más, pero no sé nada de gastronomía y no encuentro las palabras... Sólo puedo decir que todo está buenísimo.

—Pues me alegra saberlo: los cocineros nos la jugamos en la primera impresión. Si la primera vez que un cliente viene a comer no queda satisfecho ya no regresa, pero si le gusta, al menos nos ganamos la oportunidad de que vuelva a ponernos a prueba —comentó Nagare sirviéndole té.

Kyosuke se quedó rumiando lo que acababa de escuchar.

—Cuando hayas terminado y reposado un poco te llevaré a la oficina: mi hija te está esperando.

—Ah, sí. Eso... —comenzó a decir él, pero se interrumpió y se tomó el té de un trago— quizá ya no haga falta.

—¿Cómo? ¿No habías venido para que te ayudáramos a encontrar un plato?

Nagare volvió a rellenarle el vaso.

—Después de esta comida, aquello me está empezando a dar un poco igual... —musitó jugueteando nerviosamente con el vaso del té.

—A ver, no quiero parecer pesado, pero había entendido que no venías a comer, sino a buscar un sabor que tienes grabado en la memoria; ¿ya no te interesa?

Kyosuke bajó los ojos.

—Pero se trata de un plato tan común y corriente que ni siquiera estoy seguro de que se lo pueda considerar un plato como tal —respondió.

Nagare lo miró fijamente.

—No sé a qué plato te refieres, pero ninguna comida es «común y corriente»: no tiene sentido hablar en esos términos.

Tras escuchar esas palabras, el joven se dio un par de cachetes en la mejilla y se levantó.

—Lléveme a la oficina, por favor —pidió.

—Es por allí —le dijo Nagare sonriente señalando la puerta del fondo.

Kyosuke caminó mirando las fotos que llenaban las dos paredes del pasillo.

—¡Cuántas fotografías! —exclamó.

—La mayoría son de platos que yo mismo cociné —explicó Nagare sin detenerse.

Kyosuke lo seguía unos pasos por detrás girando la cabeza a derecha e izquierda.

—Veo que cocina de todo.

Nagare se dio la vuelta.

—Así es, pero eso también significa que no soy especialista en ninguna cocina en particular. Quién sabe, quizá si me hubiera centrado en un solo tipo de cocina ahora tendría una estrella adornando la entrada de la taberna.

Kyosuke, que también se había detenido, murmuró con la mirada perdida:

—Un solo tipo...

—¿Ocurre algo? —quiso saber Nagare.

—No, nada —repuso el joven, y volvió a echar a andar.

Koishi los esperaba en el cuarto del fondo.

—Pasa, siéntate.

—Gracias.

Tras hacer una reverencia, Kyosuke se sentó frente a ella, en el centro del largo sofá. Koishi le ofreció un portapapeles con un papel sujeto.

—¿Podrías rellenar ese formulario aunque sea por encima?

—¡Es que tengo una letra horrorosa! Espero que la entienda... —señaló él, y empezó a rellenar el documento ladeando de tanto en tanto la cabeza.

—Kyosuke Kitano... de la Universidad de Kinki... —murmuró ella de pronto, se dio una palmada en los muslos y exclamó en voz alta—: ¡Ahora caigo!

—Qué susto me ha dado —dijo él abriendo mucho los ojos.

—Eres nadador, ¿a que sí? Te vi en una revista, ¡eres la gran promesa de la natación japonesa!

—Bueno, tanto como «la gran promesa»... —repuso él con modestia mientras se rascaba la cabeza, y le devolvió a Koishi el formulario cumplimentado.

—Vas a ir a las próximas Olimpiadas, ¿verdad? —preguntó ella echándole una mirada al documento.

Kyosuke se enderezó en el asiento.

—Depende de lo que decida el Comité de Selección.

—He leído que eres un nadador muy versátil y que compites en todos los estilos; ¿es verdad?

—Sí, aunque muchos dicen que debería centrarme en uno solo.

—Pues ánimo en cualquier caso —dijo. Luego, poniéndose seria, añadió—: Y bien, ¿qué plato estás buscando?

—Me da vergüenza decirlo —respondió él hablando en susurros y agachando la cabeza—, pero estoy buscando un *nori-ben*.

—¿Te refieres a ese *bento* que lleva una lámina de algas *nori* sobre el arroz, pescado empanado y tempura de surimi *chikuwa*?

La respuesta de Kyosuke sonó aún más débil:

—El que recuerdo no llevaba pescado ni tempura, sólo arroz y la lámina de algas encima...

—¿Sólo eso, sin nada más? —preguntó Koishi inclinándose hacia delante y abriendo mucho los ojos.

—Sí —respondió el otro con un hilo de voz y los anchos hombros encogidos.

—No lo comiste en un restaurante, ¿verdad?

—No: me lo preparaba mi padre.

—Ah, vale, es una receta de tu padre. Pero entonces, ¿no sería más fácil pedírsela a él directamente? Supongo que sigue viviendo en Oita, ¿no? Tampoco está tan lejos.

—Es que llevamos más de cinco años sin hablar —repuso él volviendo a bajar la voz.

—¿Y le has perdido la pista?

—Tengo entendido que está en Shimane.

—¿En Shimane? ¿Y eso?

—Es que... era ludópata —explicó Kyosuke con voz apenada—; por eso mi madre nos abandonó. Él se puso enfermo, pero prefirió jugarse el dinero con el que habría podido ir al médico en competiciones de ciclismo *keirin*. El caso es que su enfermedad debe de haberle pasado factura y ahora está convaleciente en Shimane, en casa de mi tía.

—En Shimane... —Anotó ella en el cuaderno. Luego levantó la cara—. ¿Y tu madre?

—Mi madre se volvió a casar y ahora vive en Kumamoto.

—¿Y cuándo se separaron?

—Fue durante las primeras vacaciones de verano después de que empezara la secundaria, así que hará unos diez años. El detonante fue que mi padre se fundió en carreras de caballos el dinero que ella había estado ahorrando para que hiciéramos un viaje en familia. Mi hermana menor se fue con ella, pero a mí me dio pena dejar solo a mi padre y...

—Y te quedaste en casa con él. Entiendo. —Pasó una página del cuaderno—. ¿Además de jugar trabajaba?

—Era taxista —contestó Kyosuke, y después añadió con una sonrisa amarga—: aunque sospecho que pasaba más tiempo en las carreras de caballos y en las carreras ciclistas.

—Recapitulemos, ¿te parece? Dices que vivías en Oita con tu familia hasta que empezaste la secundaria; después, tu madre y tu hermana se fueron y tú te quedaste solo con tu padre. Luego te mudaste a Osaka... aunque no me has dicho cuándo fue eso...

—Cuando terminé el segundo curso en el instituto un club de natación de Osaka me propuso trasladar mi matrícula a un centro adscrito a la Universidad de Educación Física de Kinki; desde entonces vivo en la residencia universitaria.

—Eso significa que estuviste cuatro años viviendo con tu padre —calculó Koishi contando con los dedos—. ¿Era entonces cuando te hacía ese *nori-ben*, el arroz con algas *nori*?

—Durante los tres años de secundaria, mi padre me preparaba el *bento* todos los días; sólo después empecé a comer en la cantina del instituto.

—Ya —dijo Koishi anotando—, así que, durante la secundaria, comías ese plato de vez en cuando...

Kyosuke sonrió apenas.

—No de vez en cuando, ¡todos los días!

—¡¿Todos los días?! —le preguntó ella con los ojos como platos.

—La culpa fue mía, en realidad: cuando me lo hizo por primera vez lo puse por las nubes; le dije que estaba delicioso, que nunca había comido nada igual y otras cosas por el estilo. Se puso tan contento que empezó a prepármelo a diario.

—Un padre insobornable —apuntó Koishi con ironía, y lanzó un suspiro.

—Mis amigos pronto empezaron a tomarme el pelo a causa del *bento*, y yo cogí la costumbre de comer a una hora distinta de los demás: lo dejaba para más tarde y lo despachaba rápido y medio a escondidas; por eso no recuerdo muy bien su sabor, a pesar de que lo comí tantas veces... Sólo estoy seguro de que estaba riquísimo.

—Yo no he probado otro *nori-ben* que el de los restaurantes Hokka-Hokka Tei, así que no conozco bien ese plato, pero ¿estás seguro de que solamente llevaba arroz y algas? ¿Tu padre no le ponía ni siquiera unas virutas de bonito seco?

Hizo un dibujo en el cuaderno y se lo mostró.

—Sí, sí; el plato de mi padre se parecía bastante al del dibujo, aunque tenía tres capas: una de arroz, una de bonito seco con salsa de soja y, por último, una lámina de algas con una ciruela del encurtido *umeboshi* encima. Era exactamente así todos los días —explicó él mientras añadía algunos detalles al dibujo de Koishi.

—¿Destacarías algo de su sabor? ¿Era dulzón o más bien picante...?

—Pues... no lo recuerdo ni dulce ni picante, la verdad. Si me apura, diría que lo encontraba un poco seco... —recordó mirando el dibujo.

—¿Seco? ¡Es imposible que estuviera seco y rico a la vez! —opinó Koishi—. La salsa de soja y el encurtido tendrían que haber humedecido las algas y las virutas de bonito.

—... y a veces un poco ácido —concluyó Kyosuke sonriendo avergonzado.

—¡Venga ya! ¿No estaría pasado? —preguntó ella con sorna—. Bromas aparte, en principio un *bento* de arroz, algas y virutas de bonito seco no debería ser difícil de reproducir.

—Eso pensaba yo —repuso Kyosuke con emoción—, pero el del cocinero de la residencia no se parecía nada al de mi padre: me aburrió enseguida, ¡ni soñar con comerlo a diario!, mientras que el de mi padre materialmente lo devoraba: cuando quería darme cuenta ya me lo había acabado.

—¿No sería simplemente porque eras más joven? Sólo comías ese plato, ¿no? Y además te lo zampabas a escondidas para que no te vieran tus amigos... —observó Koishi en un tono frío y un tanto escéptico que contrastaba con el tono apasionado que Kyosuke había empleado justo antes.

—Pues... a lo mejor —concedió él inseguro.

—¿Y a tu padre le ha gustado siempre cocinar?

—Qué va. No recuerdo haberlo visto ni una sola vez en la cocina cuando mi madre vivía en casa.

—Eso explica por qué nunca te preparó otra cosa, pero ¿por qué quieres volver a probar ese plato justo ahora?

—Mi tía me llamó hace poco y me contó que mi padre estaba bastante mal de salud y quería verme.

—¿Y por qué no vas? Vete y dale las gracias por ese *bento*.

Kyosuke frunció el ceño.

—Me daría rabia decírselo si resulta que no me preparaba otra cosa por pura desidia. Con sólo pensarlo se me quitan las ganas de verlo.

—Yo iría de todas formas —comentó Koishi encogiéndose de hombros.

—Es que tengo la sensación de que, cuando recuerde cómo sabía exactamente aquel *nori-ben*, también sabré lo que él sentía por mí —declaró Kyosuke apretando los labios.

—De acuerdo. Haremos todo lo que esté en nuestras manos para reproducir ese plato y que puedas ir a ver a tu padre con la conciencia tranquila. —Hizo una pausa y añadió sonriente—: Bueno, eso de «haremos» es un decir: ¡el encargado será mi padre!

—Muchas gracias de antemano —dijo Kyosuke recuperando su aplomo atlético. Se levantó e hizo una reverencia.

Al verlos aparecer en el comedor, Nagare apagó con el mando el televisor LCD que estaba colocado en un estante cerca del techo.

—¿Estás lista? ¿Has hecho todas las preguntas pertinentes?

—Sí, pero este caso te va a costar, papá —respondió Koishi.

—«Te va a costar», dice. Mencióname uno solo que haya sido fácil, porque yo no recuerdo ninguno —repuso él—. Pero sea el plato que sea, haré lo posible para reproducirlo. ¿Es muy raro?

—Es un *nori-ben* —contestó Koishi.

Kyosuke se encogió de hombros y esbozó una media sonrisa que desapareció de sus labios cuando Nagare dijo:

—Cuanto más sencillo es el plato, más difícil suele ser reproducirlo.

Koishi se apresuró a tranquilizarlo:

—Tú no te preocupes, chico —dijo dándole un manotazo en la espalda—. Aquí donde lo ves, este señor sabe lo que hace, y lo hace muy bien.

—No tengo ninguna duda, ¡muchas gracias! —aseguró él, y les dirigió una enérgica reverencia antes de darse la vuelta y abrir la puerta corredera.

Entonces, un gato atigrado se acercó corriendo a sus pies, pero el cocinero intentó espantarlo:

—¡Eh, bicho, fuera de aquí!

Él, en cambio, se puso en cuclillas y le acarició la cabeza.

—Cuando vivía en Oita teníamos un gatito como éste. ¿Cuál es su nombre?

—Lo llamamos Hirune porque se pasa el día durmiendo —respondió Koishi frotando los dedos para llamar al animalito, que se acercó temeroso, estudiando de reojo a Nagare.

—Por cierto, no les he preguntado cuándo tengo que volver —recordó Kyosuke levantándose y descolgándose del hombro la bolsa de deporte para sacar el móvil.

—¿Qué te parece dentro de dos semanas? —sugirió Nagare.

—Pues me viene perfecto, la verdad: justo el miércoles de la semana que viene empiezo una concentración con el equipo de natación en Kioto.

Deslizó el dedo por la pantalla del móvil y comprobó su agenda.

—Te llamaremos unos días antes para recordarte la cita, ¿de acuerdo? —le dijo Koishi cogiendo a Hirune en brazos.

—Muchas gracias.

Kyosuke guardó el móvil y echó a andar en dirección al oeste.

—Si vas a tomar la línea Keihan de vuelta a Osaka, tienes que ir al otro lado.

Kyosuke se detuvo y volvió sobre sus pasos.

—Tengo un pésimo sentido de la orientación... —dijo avergonzado mientras pasaba de nuevo por delante de la taberna.

—Cuídate.

Parecía que se iba por fin, pero de pronto se detuvo, se dio la vuelta y regresó rascándose la cabeza.

—No les he pagado la comida —se disculpó.

—Ya nos la pagarás el próximo día, junto con la investigación sobre el *nori-ben* —contestó Koishi.

Él los miró con cara de susto.

—¿Me podrían decir más o menos cuánto será?

—Muy poco, no te preocupes —contestó Nagare.

—De acuerdo... muchas gracias.

El joven hizo una última reverencia y se fue caminando a paso ligero.

Nagare y Koishi se quedaron mirándolo hasta que se perdió de vista y volvieron a entrar en la taberna. Hirune maulló perezoso.

—Este Kyosuke y su *nori-ben* forman una combinación sorprendente —dijo Koishi, que se había puesto a limpiar una mesa con la bayeta.

—Hablas como si lo conocieras —comentó Nagare. Se sentó en un taburete de la barra y abrió el cuaderno.

—¡¿No lo has reconocido?! —le preguntó a su padre dejando de limpiar.

Nagare no respondió; siguió pasando las páginas del cuaderno.

—¡Es Kyosuke Kitano, la joven promesa de la natación japonesa! —exclamó Koishi—. Es bueno en todos los estilos: crol... —dio unas brazadas en el aire imitando ese estilo— espalda, mariposa... ¡Irá a las Olimpiadas, papá!

Nagare se levantó y fue a sacar un mapa del anaquel colgante.

—Pues sea quien sea, mi tarea es encontrar el plato que nos han pedido.

Koishi hinchó los carrillos.

—De Oita, ¿eh? —continuó Nagare—. Jureles y caballas del estrecho de Hoyo… aquello está lleno de manjares. Creo que me iré para allá.

—¡Qué envidia! ¡Quiero ir contigo!

—Sabes que siempre te traigo algún recuerdo. Tú quédate aquí cuidando del negocio. Además, ya sabes que a tu madre no le gusta quedarse sola.

Koishi hundió la cabeza entre los hombros y le dio una patadita al suelo.

2

La concentración en la que participaba Kyosuke tenía lugar en el campus de Fukakusa. Tras varios días seguidos de entrenamiento, aprovechó el primer día de descanso para montarse en el expreso y volver a la taberna Kamogawa.

El tren pasó por la estación de Fushimi-inari —pintada del mismo color bermellón que los arcos *torii* de los santuarios sintoístas—, dos paradas después se sumergió bajo tierra y tras unos minutos se detuvo en la estación de Shichijo. Él se colgó el bolso de deportes al hombro y se apeó en el andén.

Era la segunda vez que llegaba allí, pero su sentido de la orientación era tan malo que volvió a perderse. Caminó con el mapa arrugado en las manos, procurando recordar edificios y otras cosas que hubiera visto y, después de un buen rato, por fin divisó el establecimiento.

Koishi lo recibió sonriendo alegremente:

—Bienvenido.

—Muy buenas —respondió él buscando con la mirada a Nagare.

—Te adelanto que mi padre lo ha averiguado todo sobre el *bento* que buscabas, así que puedes estar tranquilo. —Posó una jarra de té frío y un vaso en la mesa y agregó—: Pero está liado con no sé qué, así que te pido unos minutos más, ¿de acuerdo?

Kyosuke reprimió un bostezo.

—Lo siento. Es que los nervios no me han dejado dormir bien.

—Te imaginaba con más aplomo —dijo Koishi burlona mientras le servía té—. ¿Seguro que puedes competir en las Olimpiadas con esos nervios?

—¡Esto no tiene nada que ver! —replicó Kyosuke algo molesto.

Nagare asomó la cara desde la cocina.

—Siento la espera, chico; es que se me ha ocurrido un pequeño juego en el último momento.

—¿Lo ves? El *bento* lo tiene preparado hace un buen rato, pero sigue ahí, maquinando algo.

El joven oteó la cocina levantándose a medias de la silla.

—¿Seguro que va todo bien?

Koishi frunció los labios y ladeó la cabeza.

—Imagino que se siente tan seguro de lo que te ha preparado que se permite florituras.

Al rato, Nagare apareció en el comedor con dos cajas de *bento* en una bandeja cuadrada.

—¡Listo!

—¡Pero son dos raciones! —exclamó Kyosuke arrepintiéndose de haber desayunado tres cuencos de arroz.

—No te lo tienes que comer todo, pero me gustaría que comparases los sabores —repuso Nagare colocando las dos cajas sin destapar en la mesa, una al lado de la otra.

—Eso quiere decir que son diferentes, ¿no? —inquirió Kyosuke mientras comparaba visualmente las cajas de un gris metálico.

—Compruébalo tú mismo —repuso Nagare. Hizo una reverencia y se encaminó de nuevo hacia la cocina.

—Son dos buenas porciones —dijo Koishi recolocando en la mesa la jarra de té frío y el vaso—, pero, si quieres más, sólo tienes que pedírmelo.

Y se marchó detrás de su padre.

Kyosuke se quedó solo en el comedor. Se sentó derecho en la silla y abrió las dos cajas al mismo tiempo.

A simple vista, parecían dos *nori-ben* idénticos: la lámina de algas que cubría casi completamente el arroz estaba cortada en cuadraditos, igual que en el plato que solía prepararle su padre.

Colocando la caja rectangular con el lado largo hacia sí, la masa de arroz cubierta de algas nori presentaba dos cortes paralelos en sentido horizontal y tres perpendiculares a los anteriores, conformando un total de doce porciones exactamente iguales que se podían desgajar del conjunto insertando los palillos en las secciones. De nuevo, se acordó de que comía siempre las doce porciones en doce bocados. Los recuerdos emergían en su mente con sorprendente nitidez.

Cogió la caja de la izquierda y utilizó los palillos para pinzar la porción del extremo izquierdo inferior, que se llevó a la boca. ¡Ese plato era idéntico al que le preparaba su padre: una capa de arroz, una de bonito seco y, encima, la lámina de algas!

—¡Ay, Dios! —exclamó fascinado.

Saboreó con los ojos cerrados, masticando lentamente. Luego cogió la porción contigua de la derecha. Ese *nori-ben* estaba riquísimo, sin discusión: el del cocinero de la residencia ni siquiera se podía comparar.

¿Querría eso decir que el *bento* de la derecha era peor o mejor?

—A ver...

Llevó los palillos a la caja de la derecha y volvió a empezar por la esquina inferior izquierda. Separó una porción y se la llevó a la boca, masticó y saboreó. Luego comió otro trozo, y otro.

Fue entonces, mientras masticaba el tercer bocado, cuando se abrieron las compuertas de su corazón y las lágrimas se desbordaron por sus ojos. Se las enjugó con el dorso de la mano, volvió a hundir los palillos y se llevó otra porción a la boca. Dejó escapar un sollozo. No lloraba de nostalgia, ni mucho menos de tristeza; en realidad, no sabía qué lo conmovía tantísimo.

Los sabores de los dos *nori-ben* eran claramente diferentes, aunque tampoco habría sabido decir qué era lo que los diferenciaba. Eso sí: el de su padre era el de la derecha.

Nagare se acercó desde la cocina.

—¿Qué tal? ¿Es el *nori-ben* que buscabas?

—Sí, es éste —dijo él asintiendo y enjugándose las lágrimas con la mano.

—Me alegro mucho.

Le sirvió más té.

—El de la izquierda es una maravilla, pero el de la derecha...

Volvió a enjugarse las lágrimas.

—El de la derecha es el que tu padre te preparaba a diario —confirmó Nagare mirándolo con ternura.

Kyosuke se reacomodó en el asiento e irguió la espalda.

—Cuéntemelo todo acerca de estos dos *bento*: parecen iguales, pero son completamente distintos.

—No los diferencia ningún ingrediente secreto, sólo el cariño de tu padre —repuso Nagare, y puso una carpeta en la mesa.

Kyosuke lo miró intrigado.

—¿Su cariño...?

—El de la derecha está bueno, no hay duda; pero tu padre lo mejoró haciendo que fuera más nutritivo y se conservara mejor.

—¿Mi padre pensó en todo eso?

—La cocina no era lo suyo, eso está claro: cuando tuvo que cocinar, te preparó un *nori-ben* sin saber cómo le saldría, pero a ti te encantó, así que acudió al cocinero del restaurante en el que solía comer para que le enseñara a preparar el mejor *bento* de Japón. Y lo hizo por ti, claro está.

—¿El restaurante donde solía comer?

—Los taxistas suelen preferir lugares que ofrecen buena comida a precios módicos y cuentan con aparcamiento. Tu padre, al igual que otros chóferes que trabajaban en su misma empresa, eran asiduos del Comedor Aramiya, un pequeño restaurante popular ubicado detrás del ayuntamiento. El señor Aramiya se acordaba perfectamente de él.

Nagare sacó de la carpeta una fotografía del comedor y se la enseñó; Kyosuke la observó con interés.

—Así que comía en este sitio...

—Es un comedor popular como otros muchos de la ciudad, pero sirven un pescado de muchísima calidad. Yo pedí el plato combinado de jurel frito, que era, según el señor Aramiya, el preferido de tu padre. Ni punto de comparación con los que te sirven en cualquier restaurante del estilo en Kioto.

Le mostró a Kyosuke una fotografía de ese plato en su móvil, pero Koishi intervino para apremiar a su padre:

—Vamos, papá, no te vayas por las ramas. Háblale ya del *nori-ben*.

—Tranquila, hija mía, ¿qué prisa hay? Sólo quería dejar claro que el señor Aramiya sabe lo que hace y trata el pescado de maravilla: viene de una familia de pescadores, y por un tiempo incluso regentó un restaurante de sushi; era lógico que su *nori-ben* estuviera riquísimo. —Cogió la caja de *bento* de la derecha y continuó—: Parecen iguales, se mire donde se mire; pero no lo son.

Levantó con los palillos la porción del ángulo superior derecho, la más alejada de la que había comenzado a comer Kyosuke, y la dejó con cuidado en la tapa de la caja.

Koishi lo observó con curiosidad.

—Pues tiene tres capas, igual que el otro. Yo los veo idénticos —opinó, y Kyosuke la secundó asintiendo con la cabeza.

—El secreto está en la capa intermedia —reveló Nagare levantando la lámina de algas—. Fijaos bien aquí: parecen virutas de bonito seco, pero no lo son.

Koishi se acercó un poco más y dio un respingo.

—¡Es pescado desmenuzado!

Kyosuke, por su parte, no parecía notar la diferencia. Se quedó en silencio con expresión incierta mientras Nagare iba a la cocina y volvía con un pescado en una cubeta. Se lo enseñó.

—Esto es pez sable. Lo llaman así porque su forma recuerda a la hoja de una espada. Pues bien, el *nori-ben* de tu padre llevaba la carne de este pescado previamente asado y condimentado con salsa de soja y zumo del cítrico *kabosu*. Tanto el pez sable como el *kabosu* son productos típicos de Oita, y el cítrico sirve como conservante. Si hubiese llevado simples virutas de bonito seco, el plato que preparaba tu padre habría resultado bastante aburrido, pero con estos dos ingredientes se vuelve francamente sabroso.

Kyosuke miró con atención el pescado.

—Así que pez sable... Y mi padre...

—Seguramente no te diste cuenta de la diferencia con las virutas de bonito seco porque lo mezclabas todo y te lo comías a toda prisa.

—Exacto: nunca me fijé en lo que llevaba.

—En definitiva, tu padre seguía cuidadosamente las instrucciones del señor Aramiya y preparaba un *nori-ben* bastante especial.

—Y yo que lo tenía por el hombre más torpe y menos cuidadoso del mundo —reconoció Kyosuke entornando los ojos húmedos.

—Su torpeza debía de hacerlo simpático porque, cuando pregunté sobre él en el comedor, llovieron anécdotas: era evidente que muchos lo recordaban con cariño.

—Me cuesta creer que no se metiera en problemas con nadie.

—El caso es que nadie me habló mal de él.

—Eso me tranquiliza —dijo el joven con franqueza. Parecía aliviarlo descubrir que no lo sabía todo sobre su padre.

—Me contaron que una vez un colega puso en duda que te comieras todo el plato y se atrevió a sugerir que quizá lo tirabas a la basura.

Kyosuke negó rotundamente con la cabeza.

—Pero él, que por lo general era un hombre afable —continuó Nagare—, se puso rojo de ira y replicó que tú no sabías mentir y jamás harías trampas.

Kyosuke escuchó esas palabras sin dejar de mirar a Nagare a los ojos.

—Pues realmente sí que es el mejor *nori-ben* de Japón —opinó Koishi con la boca llena.

Kyosuke miró la caja de *bento*.

—Muchísimas gracias a los dos. —Cogió la tapa—. ¿Me lo puedo llevar?

—Por supuesto. Había preparado otro para que te lo llevaras, pero si quieres te puedes llevar éste también —repuso Nagare con una amplia sonrisa.

—¡Necesitamos hielo! —exclamó Koishi, y corrió a buscarlo en el congelador.

Nagare le entregó la carpeta a Kyosuke.

—Ahí tienes la receta, ¿de acuerdo? Aunque no cocines mucho, basta seguirla al pie de la letra para reproducir el plato de tu padre.

Kyosuke sacó la cartera.

—Dígame cuánto les debo incluyendo la comida de hace dos semanas.

Koishi le tendió un papel.

—Basta con que nos ingreses en esta cuenta lo que te parezca bien; considera que hacemos descuentos especiales para estudiantes.

Kyosuke dobló con cuidado el papel y lo guardó en la cartera.

—Muchísimas gracias —dijo.

—Que sepas que tenemos muchísimas ganas de verte en las Olimpiadas —le aseguró Koishi dándole un apretón de manos.

—Sí, claro, gracias —respondió él sacando pecho.

Lo acompañaron a la puerta.

—Tu padre debe de tener unas ganas locas de verte en las Olimpiadas —comentó Nagare cuando salieron a la calle.

—¿Usted cree? A lo mejor se ha metido de lleno en las apuestas y ni se acuerda de mí —repuso él acariciando a Hirune, que se había acercado a sus pies.

—Un padre que le preparaba ese plato a su hijo todos los días durante tres años no se olvidaría de él ni queriendo. ¡Y si sabe que vas a las Olimpiadas, todavía menos!

Kyosuke hizo una profunda reverencia y enfiló hacia el oeste por la calle Shomen-dori.

Al verlo alejarse por ahí, Koishi le gritó:

—¡Si vas a coger la línea Keihan, por ahí vas mal!

—¡Vaya...! Qué vergüenza... otra vez me he equivocado —respondió Kyosuke, se dio la vuelta y avanzó en sentido contrario rascándose la cabeza y dando grandes zancadas.

—Parece un pez fuera del agua —comentó Nagare riendo.

Entonces, Kyosuke se detuvo y se volvió.

—¡Me voy a centrar en el estilo mariposa! —afirmó a toda voz.

—¡De acuerdo! —le respondió Nagare asintiendo con la cabeza.

Él retomó su camino hacia el este entre los maullidos del gato.

Nagare y Koishi regresaron a la taberna.

—Papá, hay algo que me preocupa.

—¿El qué? —repuso Nagare cerrando la puerta y mirando a su hija.

—¿Vamos a cenar *nori-ben*?

—Pues vaya cosas que te preocupan, hija mía. Y si te digo que sí, ¿qué hay de malo? Tomar sake con un buen *nori-ben* tiene su gracia.

—¡Venga ya, por favor! —exclamó ella frunciendo el entrecejo mientras recogía la mesa donde había comido Kyosuke.

—Es broma —la tranquilizó su padre yendo hacia la cocina—. Esta noche comeremos un *shabu-shabu* de pez sable. Creo que saldrá tan bueno como el de *hamo*.

A Koishi le brillaron los ojos.

—Sabía que no me ibas a fallar, ¡voy a disfrutar de lo lindo!

—Compré el pescado en un mercado de Oita; es de la península de Kunisaki —le explicó él abriendo la puerta de la nevera—. Traje unos cuantos ejemplares.

—Tiene pocas espinas, ¿no? Supongo que será más fácil de preparar que el *hamo*... —dijo Koishi mientras limpiaba la barra con esmero.

—A Kikuko le encantaba el *hamo* —comentó su padre desde la cocina.

Koishi asomó la cara por entre las cortinas *noren*.

—Oye, ¿y por qué no haces sushi de pez sable? ¿No quedará tan bueno como el de *hamo*, que le gustaba tanto a mamá?

—Eso ya lo había pensado: comeremos sushi —repuso él.

Cuando acabó de preparar el sushi de pez sable, Nagare fue al cuarto de estar y ofrendó un platito en el altar.

—Lo que te dejes, me lo como yo encantada, ¿vale, mamá? —dijo Koishi, que se había sentado a su espalda con las manos juntas.

II

Hamburguesa

ハンバーグ

1

Kana Takeda estaba de pie en la acera, delante del paso de peatones. Miraba el semáforo con gesto grave y daba inquietos taconazos contra el suelo. En un momento dado, apartó la vista de la luz roja y levantó la cara para contemplar la Torre de Kioto, al otro lado de la calle Shiokoji, pero enseguida volvió a clavar los ojos en la señal.

Iba con un traje gris de chaqueta, y en cuanto cambió el semáforo salió disparada y cruzó corriendo el paso de cebra.

—¡Sólo a mí se me ocurre venir a Kioto cuando estoy a punto de cumplir cuarenta!

Aunque había hablado para sí, lo había hecho en voz alta, y la pareja de ancianos que pasó a su lado se volvió para mirarla.

Avanzaba con paso firme, arrastrando una gran maleta *trolley* de color rosa. Caminaba hacia el norte sin prestar atención a su alrededor.

Pasó por la calle Karasuma-dori, entró en la Shomen-dori y llegó a la taberna que buscaba sin perderse y sin preguntarle a nadie el camino.

Abrió enérgicamente la puerta corredera y entró.

—¿Es ésta la taberna Kamogawa? —preguntó dejando la maleta en un rincón.

—Sí —fue la lacónica respuesta de Koishi.

—He venido a que me ayuden a encontrar un plato —anunció, se quitó el bolso del hombro e hizo una pequeña reverencia.

—Bienvenida —dijo Nagare mientras salía de la cocina y se quitaba el gorro blanco.

—Perdone que haya venido sin avisar. Me llamo Kana Takeda —se presentó y le ofreció a Nagare su tarjeta de visita con las dos manos—. Vengo de parte de la señora Daidoji.

—¡Ah, claro; usted es la señora Takeda, la amiga de Akane! Me llamó hace un par de semanas para hablarme de usted. Estoy más o menos enterado de lo que anda buscando. Adelante, siéntese —dijo el cocinero ofreciéndole una silla de tubo sin soltar la tarjeta de visita.

—Muchas gracias —repuso Kana, los miró sucesivamente agachando la cabeza y al fin se sentó.

Nagare dejó la tarjeta en la barra.

—Antes de nada, ¿tiene hambre? Si quiere, le preparo algo en un momento.

—Con mucho gusto: Akane me ha dicho que su cocina es excepcional, así que me encantaría probarla.

—¿«Excepcional»? Esa Akane es una exagerada. No es para tanto, pero si quiere puedo prepararle algo con ingredientes de temporada. ¿Come de todo?

—Sí, gracias: no tengo problemas en ese sentido.

—Perfecto. Deme unos minutos y vuelvo —pidió él; se volvió a calar el gorro y se fue a la cocina.

—«Periodista gastronómica» —leyó Koishi en la tarjeta de visita—. ¿Escribe en alguna revista?

—En revistas y periódicos, y últimamente también trabajo para la televisión —explicó ella sonriendo.

—¡Qué envidia! Gana dinero probando manjares y escribiendo sobre ellos, ¿no? Ya me gustaría a mí...

—Bueno, bueno; «no es oro todo lo que reluce», como se suele decir. Además, cada vez recibo menos encargos —confesó ella encogiéndose de hombros.

Koishi le sirvió té en una taza de cerámica Karatsu-yaki.

—¿Y también colabora con la señora Akane?

—Sólo he trabajado una vez con ella, pero las dos somos madres solteras y congeniamos enseguida. Desde entonces nos vemos dos o tres veces al mes para ir a tomar algo. —Volvió a encogerse de hombros: parecía un tic.

—¿Quiere alguna bebida?

—Lo decidiré cuando vea lo que ha preparado su padre.

—¡Sabía que iba a decir eso!

—¿Soy así de predecible? —repuso ella sacando la lengua con gesto pícaro.

Nagare llegó de la cocina y extendió un mantel de color índigo en la mesa.

—Akane me dijo que le encanta el vino. No es que tengamos una fantástica selección, pero déjeme traerle uno que me gusta.

Cuando su padre volvió a la cocina, Koishi alisó el mantel con las manos.

—Este mantel lo teñimos mi madre y yo en Tokushima, en una especie de laboratorio de tintes donde trabajaban con el índigo —comentó entornando los ojos—. Es un color precioso, ¿no cree?

—Yo no recuerdo haber ido nunca de viaje con mi madre —comentó Kana en tono tristón.

—¿Ella también trabaja?

—Ayuda a mi padre en su negocio.

—¿Y a qué se dedica su padre?

—Regenta un comedor en Hirosaki, en la prefectura de Aomori.

—¡¿Un comedor como éste?!

—No, no —repuso Kana con una sonrisa—. Ninguna taberna o restaurante de allí se puede comparar con los de Kioto. El de mi padre es uno de esos comedores populares en que se sirve de todo, desde ramen hasta curry.

—¡Pues nosotros también servimos de todo! —comentó Koishi riendo.

En ese momento apareció Nagare. Llevaba en las manos una gran cesta de bejuco cubierta con papel *washi*. Debajo había cuencos y platos pequeños llenos de comida graciosamente presentada.

Kana sacó una cámara digital del bolso.

—¿Puedo hacerle unas fotos?

—Claro. Si le gusta, adelante.

Ella accionó el disparador unas cuantas veces.

—Manías profesionales, ¿eh? —dijo Koishi con retintín.

—Es que cuando veo comida que tiene buena pinta no puedo resistirme a inmortalizarla.

Cambió el ángulo, ajustó el enfoque y continuó sacando fotografías.

—¿Ha terminado? —le preguntó Nagare cuando dejó de oír el obturador.

Ella guardó la cámara en el bolso.

—Sí, ya está, gracias.

—En primavera suelo preparar platos como los que tiene aquí. Empezando por la parte superior izquierda tenemos... —empezó a decir Nagare.

—Un momento, por favor —lo interrumpió Kana sacando del bolso una grabadora del tamaño de un bolígrafo que colocó encima de la mesa. Nagare sonrió avergonzado, pero continuó:

—Le decía que, en la parte superior izquierda, en ese pequeño cuenco de cerámica Karatsu-yaki, hay una mezcla de brotes de bambú de Nagaoka y algas *wakame* de Izumo, y en el plato largo de cerámica Oribe, trucha asada con brotes verdes de helecho. En el cuenco cuadrado de porcelana de Kutani tiene una tortilla de tirabeques con caldo, y en los cinco platitos de cerámica Imari que están debajo hay, de izquierda a derecha, un gratinado de almejas *hamaguri* con miso blanco; almejas *asari* con puerro y salsa de miso dulce; sashimi de besugo aliñado con vinagre y brotes de helecho; pollo de Tamba marinado en una pasta salada de arroz fermentado y luego cocinado al vapor, y por último, en el extremo derecho, un ejemplar pequeño de pez *ayu* entero que le he preparado como sushi. En el plato redondo de abajo le he puesto varios buñuelos de plantas silvestres: petasita, aralia, *kogomi*, *momiji-gasa*, *warabi* y *shiode*. Puede ponerles un poco de sal de té *matcha*, pero también salsa Worcestershire, que preparo yo mismo y lleva pimienta *sansho*. En fin, espero que le guste. En cuanto al vino... —Le mostró una botella—. ¿Le parece bien este blanco?

—Permítame un segundo —dijo ella sacando de nuevo la cámara digital.

—Es un vino que hace un amigo mío en Tamba: un chardonnay madurado en barricas de roble francés. Es un vino suave, perfecto para la primavera.

Descorchó la botella y se lo sirvió.

—¡Qué aroma! —dijo ella oliendo el corcho. Después, asió el tallo de la copa con tres dedos, la levantó y se la llevó a los labios—. ¡Delicioso! —exclamó. Dejó la copa en la mesa, cogió la botella y se puso a observarla con un brillo en los ojos.

—Me alegro de que le guste —dijo Nagare—. No creo que haya que enfriarlo más, así que lo dejaré fuera de la cubitera. Sírvase tanto como quiera.

Dicho esto, se fue a la cocina y Koishi siguió sus pasos.

El comedor quedó en silencio; tanto que, cuando ella apagó la grabadora, el *clic* del interruptor resonó en la sala. Entonces, volvió a examinar con detenimiento el contenido de la cesta.

—A ver estos buñuelos —dijo hablando sola. Le puso sal de té *matcha* al de petasita y se lo llevó a la boca. Al primer mordisco, el característico gusto amargo de la planta se extendió de inmediato por su boca para desaparecer luego rápidamente, aunque dejando un recuerdo dulzón—. ¡Que no se me olvide! —musitó, sacó un cuaderno y anotó algo con la mano izquierda. Pinzó el de aralia y, tras dudar un instante, lo sumergió en la salsa Worcestershire—. ¡Qué salsa! —murmuró al probarlo—. Se ve que este señor no descuida ni un detalle. —Asintió y anotó sus impresiones. Tras comérselos todos, centró su atención en la parte superior de la cesta—. Se supone que los brotes de bambú de Nagaoka tienen algo especial y único —dijo en voz baja, y los masticó haciéndolos crujir adrede; luego añadió otras tres líneas al cuaderno, tomó otro trago de vino y continuó con la trucha asada con brotes verdes de helecho haciendo anotaciones prácticamente a cada bocado, para lo cual soltaba los palillos y cogía el bolígrafo sin soltar ni un momento la copa de vino que tenía en la mano izquierda. Cuando se terminó el sashimi de besugo, dibujó tres estrellas y susurró convencida—: Definitivamente, éste es el plato estrella del día.

—¿Qué tal? —preguntó Nagare, que había llegado de la cocina con una bandeja plateada y miraba la cesta.

—Está todo buenísimo, señor Kamogawa. No es la primera vez que degusto la cocina tradicional de Kioto, pero la suya está entre las tres mejores que he probado nunca.

Dejó por fin la copa de vino, cogió el bolígrafo con la mano izquierda y subrayó algo en el cuaderno. Luego miró sonriente a Nagare.

—Me siento muy halagado, muchas gracias, pero no se crea que esto tiene el nivel de la cocina tradicional de Kioto: son poco más que platos para acompañar el arroz o la bebida.

—Es usted muy modesto, pero sé lo que digo: estos platos están a la altura de cualquier restaurante con tres estrellas —repuso ella dándole un discreto codazo de complicidad en la barriga.

Nagare se sonrojó un poco, así que procuró cambiar de tercio:

—Por lo que veo, es usted ambidiestra.

—Es que me gusta hacer varias cosas a la vez —señaló ella medio en broma, y volvió a encogerse de hombros.

—¿Cómo prefiere el arroz? Hoy lo he preparado con petasita y camarones *sakura*, ¿le apetece así o lo prefiere blanco?

—No, no, deme ése, gracias. Pero antes, deje que me tome otra copita de vino.

—Por supuesto, adelante. Luego le traigo el arroz con un caldo —prometió Nagare, se puso la bandeja plateada bajo el brazo y volvió a la cocina.

Kana volvió a pasear la mirada por la cesta mientras se servía otra copa. Cogió el cuenco cuadrado de porcelana Kutani-yaki y se lo acercó a la nariz.

El aroma de la tortilla de tirabeques le resultó vagamente evocador. Cogió la cuchara que acompañaba el cuenco y se llevó a la boca un trocito de tortilla con caldo.

Volvió a examinar la cesta y se fijó en el sushi de pez *ayu*, cogió otra vez la cámara y acercó el objetivo al máximo.

La lente casi rozaba el arroz y el dorso del pescado brillaba en la pantalla. Entonces, de repente, se acordó de aquel largo viaje que había hecho con su padre para pescar pez *ayu*.

Pasaron horas antes de que el primero picara el anzuelo. Fuera del agua, sus escamas brillaban reflejando los rayos del alegre sol estival, y se retorcía como suplicando por su vida. Al verlo, ella le dijo a su padre que había sido muy divertido pescarlo, pero que lo devolvieran al agua. La reacción de su padre la pilló completamente desprevenida:

«Pescar es matar», le dijo con expresión severa. En aquel entonces, ella apenas había empezado la escuela primaria. «Para alimentarnos, los hombres nos apropiamos de una vida, no importa si se trata de la de un pez, un animal o una planta, y tenemos que sentirnos agradecidos por ese sacrificio. Comernos este pescado es una obligación.» Ella, sin pretenderlo, debió de poner cara de desagrado ante aquel sermón, el caso es que su padre le dio una bofetada.

No tenía aquel episodio por nada especialmente importante, pero ciertas situaciones se lo traían a la memoria y, cuando eso sucedía, se llenaba de amargura.

A lo mejor la relación con su padre se había torcido aquel día. En eso pensaba mientras fotografiaba el sushi.

Cuando estaba a punto de terminar de comer, Nagare llegó con una pequeña olla de barro.

—En la primavera, la vida se renueva, y eso vale lo mismo para la petasita, que crece en la montaña, que para los camarones, que vienen del mar: por eso los combino en este arroz. Puede comerse solo pero, como apenas está condimentado, a mí me gusta comérmelo como *ochazuke* y agregarle té y miso con petasita. —Le sirvió el arroz, anunció que iba a por la sopa y regresó a la cocina.

«La vida...», pensó ella. ¿Sería que Nagare usaba expresiones parecidas a las de su padre porque eran más o menos de la misma edad o porque ambos se dedicaban a la cocina? Dejó vagar el pensamiento mientras se comía el arroz.

—Es sublime —dijo con un brillo en los ojos.

Y se lo comió con tal ansia que se olvidó de hacerle fotos.

Despachó el primer cuenco en un periquete y empezó a servirse el segundo. En eso, Nagare volvió a aparecer, esta vez con un cuenco de sopa en una bandeja alargada.

—¿Le gusta? —preguntó.

—Su cocina es increíble, señor Nagare —dijo ella sin dejar de servirse—. Estoy francamente impresionada.

—Me alegro. Se acaba de levantar la veda de la pesca de los camarones *sakura* en la bahía de Suruga, y éstos son los primeros de la temporada. Siempre se ha dicho que comer los primeros productos de la temporada nos hace más longevos, ojalá sea verdad.

Levantó la tapa del cuenco y dejó escapar el vapor.

—¡Qué aroma tan exquisito! —exclamó ella; acercó la cara al cuenco y olfateó la sopa con los ojos cerrados.

—Es una simple sopa clara con dados de tofu y un toque de hojas verdes de pimienta *sansho*.

—¿Sólo lleva eso? Pues el aroma parece mucho más complejo.

—Para la base del caldo aproveché las espinas del pez *ayu* que utilicé para el sushi.

47

—Ya decía yo: ¡era el aroma del *ayu*! Con lo finas y delicadas que parecen sus espinas...

Volvió a adelantar la cabeza y a colocar la nariz encima del cuenco para olerlo.

—Los peces *ayu* sólo viven un año —repuso Nagare—. ¡Pobres de ellos si no nos los comemos enteros para que puedan alcanzar el cielo sin problemas!

Kana no supo qué responder: volvió a pensar en su padre.

—Avíseme cuando termine y la acompaño a la oficina —continuó Nagare, se puso la bandeja bajo el brazo y se fue a la cocina.

Ella levantó el cuenco y se lo llevó a la boca. Los pequeños dados se deslizaron trémulos sobre su lengua entre el aroma del pez *ayu* y el de las hojas verdes de pimienta. Dio un sorbo y lanzó un largo suspiro.

—¡Qué caray! ¡No se puede disfrutar de una comida pensando en que si la vida esto o lo otro!

Se terminó la sopa. Estaba algo colorada, tal vez a causa del vino. «¡Casi se me olvida probar el *ochazuke*!», pensó, y se sirvió otra ración de arroz en el cuenco, lo coronó con miso con petasita y vertió té encima dibujando círculos concéntricos.

Volvió a coger los palillos, se pegó materialmente el cuenco a la boca y barrió el arroz con los palillos. No dejó un solo grano.

Segundos después, volvió Nagare.

—¿La acompaño a la oficina? —propuso.

—Por favor —pidió ella poniéndose de pie sin vacilar.

Él cruzó la puerta que había en un extremo de la barra y la guió por el pasillo que conducía al fondo del establecimiento.

—Por cierto, muchas gracias por la comida —dijo ella mientras avanzaban por el corredor.

—¿Se ha quedado con hambre? —repuso el cocinero volviendo la cara sonriente.

—¿Cómo dice?

—Ah, sólo es una frase hecha: algo que siempre preguntamos en Kioto cuando nos agradecen la comida, sobre todo en casa. De hecho, creo que nunca lo dicen en los restaurantes... —Entrecerró los ojos, como queriendo recordar.

—¡Por un momento pensé que me ofrecería algún otro plato al salir de la oficina!

—Usted tiene un hijo pequeño, ¿verdad? ¿Qué le contesta cuando le da las gracias después de comer?

—Pues: «No te preocupes, no ha sido nada especial.»

—¡Entonces ¿le da de comer cualquier cosa?! —indicó él riéndose.

Ella lo miró con gesto ceñudo.

—Perdone, no he querido ser grosero, sólo explicarle que lo de «¿se ha quedado con hambre?» era una frase hecha.

Agachó la cabeza y siguió adelante; Kana se encogió de hombros y fue detrás de él.

Al llegar al fondo, el cocinero golpeó la puerta con los nudillos y Koishi abrió casi de inmediato.

—Adelante.

Tras comprobar que Kana cruzaba el umbral, Nagare dio media vuelta y regresó al comedor.

Se sentó en un sofá frente a Koishi, que le entregó un portapapeles con un formulario sujeto y un bolígrafo.

—Antes de comenzar, ¿podría rellenar ese formulario?

Kana cogió el bolígrafo con la mano izquierda y se apresuró a cumplimentarlo.

—¿Es zurda?

—Sí, pero de pequeña mi padre me obligaba a escribir con la mano derecha, y con el tiempo aprendí a hacerlo con ambas —repuso sonriendo tímidamente, y le devolvió el documento.

—Treinta y nueve años: tiene los cuarenta a la vuelta de la esquina.

—Me cuesta creer que ya casi soy una cuarentona.

—A mí me pasa igual: tengo que empezar a prepararme mentalmente para cambiar de década.

Kana se limitó a sonreír porque era obvio que aquella chica seguía siendo muy joven.

—Y bien, ¿qué plato está buscando? —preguntó Koishi, pero no esperó la respuesta—. ¡Por cierto! —exclamó—, he visto que ha estado grabando a mi padre mientras él le explicaba los platos. ¡Me parece una idea estupenda! Si no le importa, me gustaría hacer lo mismo, además de tomar notas. —Otra vez no esperó la respuesta; cogió el móvil y, tras abrir la aplicación adecuada, lo puso sobre la mesa que había entre las dos—. Es que se me han empezado a olvidar las cosas... y la verdad es que a veces no tengo idea de lo que he puesto en mis notas. En fin, disculpe. Cuénteme, ¿qué plato busca?

—Estoy buscando una hamburguesa.

—¿Con pan o sin pan?

—Sin pan. De hecho, no se parece nada a las que sirven en los restaurantes de comida occidental, sino más bien a las que podrían ofrecer en un comedor de barrio como éste... ¡Lo siento! No quería decir ni mucho menos que... Me refería al local, no a la comida; ya me entiende.

—No se apure: sabemos muy bien qué clase de establecimiento es nuestra taberna —respondió Koishi con una sonrisa forzada—. ¿Dónde y cuándo lo comió?

—Creo que lo preparó mi padre.

—Un momento, ¿cómo que «creo»? ¿No vio cuándo lo preparaba?

—No me refería a eso. Es que no fui yo quien se lo comió... —explicó ella negando con la cabeza—. Lo siento, debería haber empezado por el principio. —Se reacomodó en el asiento y carraspeó.

—¿Es una historia complicada? —la interrumpió Koishi adelantando las rodillas.

—Mire, tengo un hijo de seis años que se llama Yusuke, y lo que estoy buscando es una hamburguesa que él debe de haber comido hace un tiempo.

—Una hamburguesa que le preparó su abuelo, ¿no?

—Eso creo. Digamos que no se me ocurre otra posibilidad.

—Le confieso que estoy un poco perdida... —dijo Koishi ladeando la cabeza.

—En el anuario del jardín de infancia de mi hijo Yusuke hay un apartado en el que los niños cuentan cosas sobre ellos mismos, por ejemplo su comida favorita, y Yusuke puso que su plato preferido eran las hamburguesas... ¡pero no recuerdo que hayamos comido hamburguesas ni en casa ni en ningún restaurante! —Puso cara de contrariedad—. Lo único que se me ocurre es que mi padre se la preparase cuando fuimos a verlo a Hirosaki hace un año. Recuerdo vagamente que, el mismo día en que le dije que íbamos a irnos a vivir los dos solos, Yusuke me habló de un plato que le había gustado mucho, ésa es la única pista que tengo.

—A los niños les suelen gustar mucho las hamburguesas; ¿no habrá comido una en la escuela infantil? —preguntó Koishi.

—En la suya no hay servicio de comedor: los niños llevan comida de casa.

—¿Y está segura de que usted nunca se la ha preparado?

—Mi ex marido es todo un gourmet: nunca lo vi comer pescado ni carne procesados, ni siquiera albóndigas de ninguna clase, y yo tampoco como nada de eso: es imposible que Yusuke haya probado algo así en casa.

—Pobrecillo: hay muy buenas hamburguesas incluso en la sección de congelados...

La expresión de Kana dejaba ver a las claras que estaba en total desacuerdo con Koishi. Parecía medio ofendida.

—Me parece muy mal darles a los niños comida atiborrada de aditivos, saborizantes y conservantes artificiales.

—Bueno, en ese caso podría haber picado la carne en casa —replicó Koishi sin dar su brazo a torcer.

Pero Kana no se arredró:

—Si uno tiene un buen trozo de carne, ¿para qué quiere un sucedáneo?

Koishi volvió a la carga levantando un poco la voz:

—O sea, que para usted una hamburguesa es un sucedáneo de la carne, ¡nada menos!

Un silencio incómodo se instaló entre las dos.

—Le pido disculpas... —dijo Koishi por fin—. No debería haberme puesto así.

—No, perdóneme usted —se disculpó Kana agachando la cabeza—; he sido una grosera.

—Volvamos al asunto que nos ocupa —propuso Koishi—. ¿No sería más fácil preguntarle la receta a su padre, si es que fue él quien la preparó?

—El problema es que me llevo muy mal con él. Llevo dos años sin verlo y, como comprenderá, no puedo llamarlo como si tal cosa para pedirle la receta de una hamburguesa que le dio de comer a mi hijo. Encima, tendría que decirle que es el plato preferido de Yusuke y eso... me pone mala sólo de pensarlo —repuso Kana apretando los labios en un gesto de desagrado.

—Ignoro por qué se llevan mal, pero usted es su hija; ¿cómo no va a poder preguntarle una cosa tan simple? —opinó Koishi, y alzó la vista para estudiar la reacción de Kana; sin embargo, ella no contestó: volvió la cara y se puso a mirar a otro lado con gesto hosco—. De acuerdo —concluyó Koishi—, le diré a mi padre que vaya al comedor de su padre y pruebe la hamburguesa.

—¡Pero es que eso no basta! —repuso Kana volviendo la cara hacia ella—. ¡Tenga en cuenta que ni siquiera sé si la hamburguesa que probó Yusuke fue la que mi padre ofrece en el comedor! Es importante que el señor Kamogawa averigüe si es la misma, y la única forma de hacerlo es preguntándoselo a mi padre, a ser posible sin que se entere de que yo tengo algo que ver.

—Eso suena bastante complicado... —comentó Koishi ladeando la cabeza con gesto dubitativo.

—Se me ocurre una idea —sugirió Kana con una sonrisa astuta—, a ver qué le parece: su padre podría hacerse pasar por un periodista gastronómico y simular que está haciendo un reportaje sobre el comedor. Mi padre recibe bastantes visitas de ese tipo y, además, suele estar encantado con ellas. Bastaría que le dijera que trabaja para la revista *Ryori-Shunju* para que le dé una cálida bienvenida, estoy segura.

—No me parece mala idea, la verdad, pero mi padre aborrece las mentiras. Mentir... es que ni se le pasa por la cabeza. De todas formas, descuide: ya pensaremos algo. ¿Cómo se llama el comedor?

—Comedor Takeda. Es un negocio antiguo, con más de cien años de historia. Creo que por eso les interesa tanto a los periodistas —aseguró Kana; sacó una fotografía del bolso y la puso sobre la mesa.

—Qué bonito. Se ve muy cálido, aun en medio de toda esa nieve. ¿Hace mucho de esa foto?

—Es de hace tres años.

Koishi la cogió para examinarla más de cerca.

—Vaya... aún quedan sitios como ése. Me encantaría ir; tiene mucho mérito que lleve más de cien años funcionando.

—Se ve mejor en las fotos de lo que es en realidad. Si va, se llevará un chasco —afirmó Kana encogiéndose de hombros.

Koishi imitó el tic y le devolvió la foto.

—¿Y por qué quiere encontrar esa hamburguesa justo ahora?

Kana guardó la fotografía en su bolso y respondió:

—Porque quiero que mi hijo la compare con un plato que yo considero realmente bueno.

—¿De qué plato estamos hablando?

—Del turnedó Rossini que sirven en un asador de Shirokane. Es el mejor plato de carne que he probado, aunque se trata de algo bastante sencillo: un medallón de solomillo de buey de Yamagata a la plancha con foie gras y trufa. Para mí, su sabor es insuperable; cuando lo probé comprendí la diferencia entre lo bueno y lo extraordinario.

—No estoy muy convencida de que una hamburguesa deba compararse con un corte de solomillo, pero bueno... —repuso Koishi con gesto reticente.

—Quiero que coma primero su hamburguesa favorita y después el turnedó Rossini en el asador; creo que notará la diferencia de inmediato.

—Pero... —empezó a decir Koishi, aunque enseguida se calló y se limitó a lanzar un suspiro.

—Quiero que mi hijo se convierta en un hombre culto y cosmopolita, que no se sienta menos que nadie por no tener padre. Y para eso debe aprender a distinguir lo bueno de lo mejor, y no me refiero a la ropa ni a las meras apariencias: quiero que tenga criterio, que no sea un pueblerino que va por ahí diciendo que su plato favorito son las hamburguesas de un comedor de tercera.

Koishi sintió vergüenza ajena ante aquel discurso. Se frotó la barbilla y procuró tragarse las réplicas que se le agolpaban en la garganta.

—Entendido —dijo al fin—. Le explicaré a mi padre punto por punto lo que me ha contado.

Cerró el cuaderno y apagó con un dedo la grabadora del móvil.

—Muchas gracias —repuso Kana, agachó fugazmente la cabeza y luego se levantó como un resorte.

Cuando Nagare vio a las dos mujeres aparecer en el comedor, dobló el periódico que estaba leyendo.

—¿Listas? —preguntó dirigiéndose a Koishi, pero fue Kana la que respondió.

—Le he contado todo lo que quería que supiera, muchas gracias por atenderme. —Hizo una reverencia formal—. Confío en ustedes.

—Haré todo lo que esté en mi mano —respondió Nagare, se volvió hacia Koishi y le preguntó—: ¿Le has dicho para cuándo la tendremos?

—¿Le parecería bien dentro de dos semanas? —preguntó Koishi dirigiéndose a Kana.

—Ah, sí, claro. Le agradecería que me la enviase por mensajería junto con la receta. Por supuesto, los gastos de envío correrán de mi cuenta.

Se colgó el bolso en el hombro y alargó el asa extensible de la maleta.

Koishi, que se había quedado con la boca abierta, acertó a decir:

—¿Enviárselo? Lo siento mucho, pero no podemos hacer eso. Además, tendremos que explicarle muchos detalles de la búsqueda, del propio plato y...

Kana frunció los labios.

—Es que dentro de dos semanas es justo antes de la ceremonia de inauguración del curso de mi hijo: voy a estar muy ocupada.

—La entiendo —intervino Nagare sonriendo comprensivo—, pero no puedo mandar mi comida por mensajería ni por ningún otro medio. Simplemente no es mi estilo. Le ruego que vuelva.

—Vale, de acuerdo —repuso ella con resignación—. Intentaré cuadrar mi agenda.

Volvió a encogerse de hombros, abrió la puerta corredera y salió a la calle arrastrando su gran maleta.

Nagare y Koishi la siguieron fuera del establecimiento para despedirse de ella.

—¿Se va a casa directamente? —preguntó el cocinero.

—No, no; tenía pensado ir a visitar dos o tres restaurantes nuevos de Kioto —contestó ella—. Debo reunir material para el número especial de otoño de una revista con la que colaboro —añadió encogiéndose de hombros por enésima vez.

—¿Se hospeda en algún hotel de por aquí?

—Sí, he reservado habitación en un hotel nuevo que han abierto en la ribera del río Kamogawa.

—¿Y su hijo se ha quedado solo en casa? —preguntó Koishi cogiendo en brazos a Hirune, que se había tumbado a los pies de Kana.

—Hoy le he pedido ayuda a la cuidadora —repuso ella, y echó a andar hacia el este por la calle Shomendori.

—¡Cuídese! —le gritó Nagare, y miró con cara de pocos amigos al gato.

—No hace falta que lo mires con esa cara de asesino, papá —dijo Koishi—. Ya sabes que nunca lo dejo entrar, ¿verdad, cariño?

Bajó el gato al suelo y le dijo adiós con la mano.

Volvieron a la taberna y Nagare se sentó en una silla de tubo.

—¿Qué plato busca?

—Una hamburguesa —respondió Koishi lacónicamente.

—¿De algún restaurante?

—Sí... y no.

Se sentó frente a su padre, abrió el cuaderno y se lo mostró. Nagare pasó las páginas arrugando la frente.

—¿Sólo has anotado esto? No entiendo nada.

—Tranquilo, que esta vez he usado mi nueva arma secreta.

Puso su móvil sobre la mesa y tocó la pantalla.

—Conque esas tenemos, ¿eh? —dijo Nagare riendo con sorna, y se acercó el aparato al oído.

—Si te soy sincera, esa mujer no me ha caído nada bien: me cuesta creer que se sea amiga de la señora Akane —confesó la chica.

—Eso no nos importa, Koishi —comentó Nagare con el oído pegado al móvil—. Nosotros a lo nuestro, que es encontrar el plato que nos ha pedido.

—Pues pretende que mientas para conseguir la receta: espera y lo oirás tú mismo.

—¿Que mienta?

—Voy a adelantar la grabación, ¿vale? —Deslizó el dedo por la pantalla—. Atento, aunque estoy segurísima de que no aceptarás —agregó encogiéndose de hombros como hacía Kana.

Un momento después, Nagare se quitó el móvil del oído y sonrió mirando a su hija.

—Muy interesante: me gusta la idea de ser periodista gastronómico por un día.

—¡Pero eso es mentir y engañar!

—Mira, una vez leí que al escritor Shotaro Ikenami le gustaba hacerle ese tipo de bromas a la gente en sus viajes. Una vez, por ejemplo, se hizo pasar por un vendedor de fármacos. Debía de divertirse mucho con ese engaño inocente y ocasional.

—Bueno, si tú lo dices... Supongo que al menos no le hacía daño a nadie.

—Pues eso: habrá que ir a Hirosaki. Saldré mañana a primera hora.

—Acuérdate de traerme algo rico —pidió Koishi, y le dio un manotazo en la espalda a su padre, que puso cara de dolor.

2

Kioto se había llenado de turistas que iban a admirar los cerezos en flor. Kana se bajó del tren en la estación y fue atravesando la marabunta con su pequeño bolso rosa colgado del hombro.

Pronto llegó a la taberna y se topó con Hirune tumbado en el suelo. El gato la miró un momento antes de lanzar un colosal bostezo.

—Con permiso —le dijo ella, dio un saltito para eludirlo y abrió la puerta corredera.

»Buenas —dijo.

—Muy buenas —le contestó Koishi. La invitó a pasar con un gesto y se asomó a mirar el cielo primaveral—. Veo que ha tenido suerte con el tiempo.

—¡La estábamos esperando! —exclamó Nagare saliendo de la cocina con el gorro puesto.

—¿Cómo le va, señor Nagare? —repuso ella, hizo una discreta reverencia y se descolgó el bolso del hombro.

—Sé que está muy apurada, pero, ya que está aquí, ¿por qué no se sienta un momento? Ya tengo lista una hamburguesa para que se la lleve a casa, pero me gustaría prepararle otra ahora mismo para que la pruebe recién hecha.

Kana echó un vistazo a su reloj de pulsera y se sentó en una silla de tubo.

—De acuerdo —dijo.

—Vuelvo enseguida —repuso Nagare, y corrió a la cocina.

—¿Qué le pongo para beber? —preguntó Koishi mientras limpiaba la mesa.

—Tengo que irme en cuanto acabe de comer —respondió ella enfrascada en el móvil—, así que hoy tomaré sólo té.

Koishi rellenó la tetera con el agua caliente de un hervidor.

La sala quedó en silencio, pero al cabo de unos segundos se oyó un sonido procedente de la cocina: era sordo y repetitivo, como cuando se bate el arroz glutinoso para hacer *mochi*. Después, siguió el ruido agudo de las chispas crepitantes. Finalmente la sala se inundó de un aroma delicioso.

—Qué bien huele —comentó Kana. Por fin había apartado los ojos del móvil para olisquear el aire.

—A mí también me gustaba al principio —señaló Koishi con una sonrisa amarga—, pero llevo tantos días oliéndolo que me estoy empezando a hartar.

Le sirvió té en una taza de cerámica Kiyomizu-yaki.

—Lo siento: en el fondo es mi culpa —dijo Kana; guardó el móvil en el bolso y agachó la cabeza.

—No se vaya a creer que ha sido un reproche: éste es nuestro trabajo y lo hacemos con gusto. Pero es que mi padre es muy perfeccionista, ¿sabe? Rehace su trabajo tantas veces como cree necesario hasta quedar convencido, ¡y yo soy la encargada de catar sus «obras»! —dijo dándose palmadas en la tripa por encima del delantal negro.

Nagare asomó la cara por entre las cortinas *noren*.

—¿Está todo preparado, Koishi?

Ella puso un mantel individual amarillo en la mesa y colocó encima un tenedor y unos palillos infantiles.

—Todo listo.

—¡Un tenedor de Mickey Mouse y unos palillos de Donald! —exclamó Kana sonriendo—. Parece que vaya a comer un menú para niños.

Koishi también sonrió.

—Mi padre asegura que esta clase de detalles afectan al sabor. Se empeñó en que comiera con esos cubiertos.

Nagare llegó con una bandeja de plata y puso en la mesa un plato blanco de estilo occidental.

—Creo que ésta es la hamburguesa que tanto le gustó a su hijo. Pruébela antes de que se enfríe.

—Le dejo la tetera —anunció Koishi—. Si quiere más té, no dude en pedírmelo.

Se despidió con una sonrisa y se marchó a la cocina con su padre, que llevaba la bandeja bajo el brazo.

A primera vista, la hamburguesa no tenía nada de extraordinario, pero Kana sacó la cámara del bolso y le hizo un par de fotos.

Estaba cubierta con una salsa roja parecida al kétchup, encima de la cual había un huevo frito. Llevaba la típica guarnición de patatas fritas, zanahoria glaseada y maíz con mantequilla. En resumen, no parecía nada original; ni siquiera faltaba la ración de espaguetis con tomate que tanto les gusta a los niños.

Kana respiró hondo antes de probarla.

—¡Este sabor es...! —exclamó en voz alta inmediatamente después de dar el primer bocado.

Soltó los palillos y cogió el tenedor. Cortó un trozo más grande que el anterior, lo mojó bien en la salsa y se lo llevó a la boca.

Masticó con la cara levantada al techo y los ojos cerrados.

Entonces, comenzó a oír un susurro parecido al viento que sopla a través un valle, y distinguió la voz ronca de su padre achispado, la risa de su madre, los grititos de alegría de su hermano pequeño. Reían en torno a una mesa baja, sentados en el suelo de tatami de un salón de apenas nueve metros cuadrados. Se dio cuenta de que el sabor de la hamburguesa tenía algo de aquella época, pero, curiosamente, lo que recordaba encima de la mesa eran fideos *soba*.

Ladeó la cabeza, rompió la yema y pinchó otro trozo de carne al que añadió huevo frito. Comió un trozo de zanahoria, unas pocas patatas, algo de maíz... A medida que masticaba iba notando cómo relajaba los hombros, la coronilla, las manos, las rodillas y los talones. Casi sintió que levitaba.

Nagare llegó a su lado sujetando una tetera de barro de cerámica Mashiko-yaki.

—¿Qué tal? ¿Le gusta?

—He probado muchas hamburguesas en diferentes restaurantes, pero le puedo asegurar que ninguna era como ésta: tiene un sabor completamente nuevo para mí, y sin embargo...

Dejó la frase a medias, alzó el mentón y suspiró.

—¿Le resulta familiar? —preguntó Nagare sonriendo.

Ella arrugó la frente y dijo con una nota de tribulación en su voz:

—Sí, pero no lo entiendo: no recuerdo haber comido hamburguesas en casa.

Nagare puso una taza de cerámica Karatsu-yaki en la mesa.

—El sentido del gusto es complejo, y yo diría que hasta misterioso —dijo sirviendo té—. Los sabores de los platos que uno ha probado en el hogar se aderezan con lo que podríamos llamar «el condimento humano»: la sensación de confianza y el cariño de los familiares afectan a la percepción de los sabores. De niña, seguro que sus padres le daban esta clase de cubiertos.

Las palabras de Nagare no le resultaron especialmente simpáticas, pero no supo qué responder.

—Éstos son los cubiertos que su padre usa en su comedor cuando va algún niño —intervino Koishi—. Mi padre se los pidió prestados con la excusa de tomarles fotos para la revista *Ryori-Shunju*.

—Todo el tiempo que pasé con él estuve muy nervioso, pensando que me descubriría, pero no fue así: parecía muy confiado porque lo había llamado Akane.

—Entonces, no tuvo que hablar de mí para nada, ¿verdad? —preguntó Kana con cara de alivio.

Yo no la mencioné, pero él sí.

—¡¿Cómo?!

Su cara volvió a reflejar tensión.

—Como suponía que yo trabajaba para la revista *Ryori-Shunju*, lo primero que me preguntó al verme fue si la conocía —explicó Nagare sonriendo con afecto, y le entregó a Kana una fotografía de su padre, Yoshio.

Ella observó la imagen.

—Está igual: no ha cambiado nada.

—No le gustó la respuesta esquiva que le di. De hecho, parecía contrariado por el hecho de que yo no la conociera, cuando supuestamente yo era un periodista especializado en gastronomía.

—Se nota que su padre la adora, no como otros que yo me sé... —intervino Koishi hinchando los carrillos y mirando de reojo a Nagare.

Kana se encogió de hombros.

—Había un plato combinado de hamburguesa en el menú, así que lo pedí y le pregunté si me podía dar la receta —dijo Nagare sacando de la carpeta un folio que le tendió a Kana.

—¿Éste es el plato que comió mi hijo? —preguntó ella con una nota de inquietud en la voz mientras leía la receta.

—Eso quería averiguar, así que, mientras comía, le comenté: «Si usted tiene nietos, seguro que les encanta este plato.» Él puso cara de orgullo, sacó pecho y me dijo: «¡Mi nieto se comió dos hamburguesas bien grandes!» Así que, más claro, agua —sentenció Nagare.

—¿Lleva harina de soja? —preguntó Kana ladeando la cabeza.

—Sí, su padre utiliza harina de soja como aglutinante de la carne picada: lo mismo que se usa para preparar los famosos fideos *tsugaru soba* de Hirosaki —repuso él.

Un poco decepcionada, Kana entendió el motivo de su nostalgia: esos fideos eran la especialidad del Comedor Takeda. De hecho, la mayoría de los periodistas iban en busca de ese plato que ella comía casi a diario hasta que se fue a vivir a Tokio. Sabían completamente distinto de los fideos *juwari soba*, elaborados tan sólo con harina de trigo sarraceno. De pronto, se avergonzó por sentir añoranza del sabor de la harina de soja, que para ella era el símbolo mismo de la pobreza: un ingrediente cutre y poco elegante.

—No voy a negar que esta hamburguesa resulta agradable al paladar, pero comparada con un buen solomillo...

Volvió a ojear la receta y la guardó en la carpeta.

—Esas comparaciones no tienen sentido —repuso Koishi medio indignada.

Kana se volvió hacia ella y repuso frunciendo el ceño:

—Ya se lo dije el otro día: quiero que mi hijo se convierta en un hombre con criterio. Me gustaría que aprendiera a reconocer y apreciar la mejor gastronomía y las cosas buenas en general.

—¿No será que sencillamente le quiere imponer sus gustos? —le espetó Koishi arqueando las cejas.

—Quizá. Pero, aun así, siento que es mi deber hacer de él un hombre digno de admiración y respeto —contestó ella asintiendo varias veces, como tratando de reafirmarse en lo que acababa de decir. Luego se encogió de hombros.

—¡Eso no es más que un asunto de ego!

—¡Koishi! —la cortó en seco Nagare con gesto severo.

Compungida, Koishi miró de reojo a Kana, que permanecía inmóvil mirando al vacío. Se hizo el silencio unos instantes, hasta que Nagare dijo:

—Su padre me contó que usted perdió a su marido.

Koishi se volvió para mirarla, desconcertada. Parecía sorprendida, pero se recompuso rápidamente y asintió.

—Si no le hubiese pedido aquello, no habría sufrido el accidente... —dijo mordiéndose el labio.

A continuación explicó que su marido había muerto mientras hacía un recado que ella le había pedido por estar demasiado ocupada trabajando. Como no podía ser de otro modo, aquel triste episodio la había marcado profundamente.

—Murió en un accidente... —murmuró Koishi con gesto sombrío.

—Su padre me contó lo sucedido a grandes rasgos. Supongo que se sinceró conmigo al creer que compartía profesión con usted —explicó Nagare en tono pausado—. Y su madre también me dijo algunas cosas.

Kana miró al suelo. Seguía mordiéndose el labio.

—Ser madre soltera es difícil de por sí, pero usted además se ha empeñado en que su hijo se convierta en un hombre excepcional.

Kana asintió con la cabeza.

—Ha hecho un gran esfuerzo, pero ya es suficiente —dijo el cocinero poniéndole la mano en el hombro.

—No quiero que mi hijo se sienta menos que nadie por no tener padre: esa idea me obsesiona —repuso ella apretando los labios.

El ruido de la calle rompía por momentos el silencio de la sala, pero después cedía, como la marea, y volvía a dar paso a la calma.

Nagare habló con la autoridad de un maestro:

—Ciertamente, una hamburguesa es un plato de menor categoría que un solomillo de carne de primera, pero lleva un extra de trabajo humano que puede hacer que se vuelva especial: la tarea, en apariencia anodina, de añadir el aglutinante a la carne picada, mezclarla con las manos y moldearla después. Eso le añade al plato el alma del cocinero. Igual que en el caso de las humildes bolitas de arroz *omusubi*, los sentimientos de quien está preparando la comida se transmiten a través de sus manos. Yo creo que su hijo Yusuke, pequeño como era, sintió el amor de su abuelo cuando probó aquella hamburguesa.

—Es un sabor que reconforta —dijo Koishi apuntando con un dedo el plato de superhéroes vacío mientras se secaba las comisuras de los ojos con el dedo meñique.

Nagare se la quedó mirando.

—A un hijo le gusta todo lo que su madre le prepara si está hecho con amor.

—Tiene razón —convino ella agachando la cabeza. Se le había corrido el rímel.

—Debería retocarse el maquillaje —le dijo Koishi. Ella sonrió.

—Es igual, ya me limpiaré en el baño de la estación. Koishi le entregó una bolsa de papel.

—Aquí tiene la hamburguesa para su hijo y la receta, ¿de acuerdo?

—Sí, sí. Y, por cierto, tengo que abonarles la comida del otro día. Díganme cuánto les debo por todo —pidió ella mientras sacaba de su bolso rosa un estuche alargado del mismo color.

Koishi introdujo una notita en un sobre blanco y se lo entregó.

—Por favor, ingrese en esta cuenta la cantidad que considere apropiada por nuestro trabajo.

—Claro que sí —repuso ella, y guardó el sobre en el bolso.

Los tres salieron del restaurante.

—Cuídese mucho —dijo Nagare.

—Muchas gracias por todo —indicó Kana haciendo una reverencia.

En ese momento, Hirune apareció a los pies de Kana y Nagare le lanzó una mirada asesina.

—¡Oye, bicho, apártate de ahí, que le vas a manchar el vestido a la señora!

—No se preocupe —dijo ella, se agachó y le acarició la cabeza al gato.

Koishi levantó la cara al cielo azul y entrecerró los ojos, cegada por la luz.

—Por fin ha llegado la primavera.

Kana se puso en pie y miró también al cielo.

—Voy a preparar unos *bento* de hamburguesa para ir con Yusuke a ver los cerezos en flor.

—¡Me parece muy buena idea! —la secundó Nagare.

Kana echó a andar, pero se detuvo apenas dos pasos más allá, se dio la vuelta y le dijo:

—Por cierto, me dio la impresión de que la salsa tenía algo especial.

—Es kétchup hervido con salsa Worcestershire y un chorrito de caldo de la sopa *keno-shiru* de Tsugaru.

—Sopa *keno-shiru*... claro —murmuró ella mirando al vacío.

—Su padre es un hombre muy detallista y cariñoso, bastante más de lo que usted cree.

Ella sintió la presión de la mano del cocinero en su hombro y volvió a echar a andar muy despacio.

—Saludos a Yusuke.

Kana se volvió al escuchar las palabras de Koishi y acusó recibo levantando y agitando la mano.

Volvieron al local. Nagare se sentó en un taburete de la barra y abrió el periódico. Sin dejar de hojearlo, le preguntó a su hija:

—¿Qué? ¿Vamos esta noche a ver los cerezos en flor? Puedo preparar unos *bento* de hamburguesa.

—Buena idea, pero llevamos sake, ¿eh? —repuso ella.

Nagare revisó la sección del periódico donde se informaba de la floración.

—Aquí pone que el Palacio Imperial está precioso.

—Por cierto, papá —le preguntó su hija limpiando la mesa a la que se había sentado Kana—, ¿cómo es la sopa *keno-shiru*?

—Es una sopa de nabo, zanahoria y otras verduras hervidas en caldo de algas *kombu*. También lleva tofu frito y *konjac*, pero lo peculiar es que al final se le agrega *zunda*: puré de soja.

—¿Y eso qué tiene que ver con que el padre de Kana sea un hombre detallista y cariñoso? —volvió a preguntar volviéndose hacia su padre.

—En Hirosaki, y en general en toda la prefectura de Aomori, nieva mucho en invierno, de modo que no se pueden recoger las siete hierbas *nanakusa* con las que se prepara la tradicional sopa *nanakusa-gayu*; por eso, en fin de año, la gente de allí hace sopa *keno-shiru*. La costumbre es dejar lista una buena cantidad y comerla a mediados de enero, cuando se celebra el Año Nuevo del antiguo calendario lunar. Pero lo más importante es que las familias no comen nada más durante varios días para que las mujeres puedan descansar un poco después de haber preparado tanta comida navideña.

Koishi se dirigió al altar y se sentó delante en *seiza*, es decir, sobre las rodillas y con los glúteos apoyados en los talones; luego juntó las manos.

—Ya ves los detalles que tienen los hombres de Aomori, mamá.

—Bien sabe ella que los de Kioto somos aún más considerados y cariñosos, ¿verdad, Kikuko?

Koishi entreabrió los ojos.

—Lo dudo.

—Habrá que preparar tres *bento* de hamburguesa —dijo su padre mirando al altar, y se remangó la chaquetilla.

III

Tarta de Navidad

クリスマスケーキ

1

La salida Karasuma-guchi de la estación de tren de Kioto tiene diez pisos de alto, y acoge una monumental escalera que asciende nada menos que treinta y cinco metros.

La cara frontal de cada uno de los ciento setenta y un escalones y los rellanos de cada planta conforman una colosal pantalla donde todos los meses de diciembre se proyectan imágenes navideñas que se han convertido en un reclamo turístico de la ciudad.

Yoshie Sakamoto atravesó los tornos, levantó la cara para admirar las escaleras y tiró de la manga del abrigo de su marido.

—Fíjate: son preciosas.

—Es verdad, los escalones forman una pantalla inmensa.

—Este año pondremos un árbol, ¿verdad? —agregó ella contemplando el gigantesco árbol de Navidad.

Masayuki lo observó en silencio.

—¿No quieres? —insistió Yoshie echando vaho por la boca. Se arrimó todavía más a su marido. El viento del norte soplaba con fuerza en sus caras.

—No es eso... sólo que... aún no sé si estoy preparado.

El semáforo se puso en verde, pero él no se movió. Yoshie se volvió, miró su perfil y tiró suavemente de su brazo.

Avanzaron por la calle Karasuma-dori, cruzaron Shichijo-dori y doblaron a la derecha por Shomen-dori, flanqueada de tiendas de rosarios budistas y de indumentaria religiosa que estaban todas cerradas a aquella hora de la tarde. Más allá, distinguieron una especie de antiguo local comercial que parecía albergar gente, a juzgar por la luz que se filtraba por la ventana.

Yoshie lo señaló con un dedo.

—¿No será ése?

—Pues yo creo que sí. —Masayuki sacó una nota del bolsillo y leyó en voz alta—: «La fachada está revestida de mortero. No tiene rótulo ni cortinas *noren* que lo identifiquen como un lugar donde se sirven comidas.» Eso fue lo que apunté.

Se guardó de nuevo la nota en el bolsillo.

No parecía en absoluto un restaurante ni una taberna: había luz en la única ventana de la planta baja, pero el piso superior estaba a oscuras. Sin duda había gente dentro, pero nada indicaba que fuera un negocio abierto al público.

Se plantaron frente a la entrada y, después de intercambiar miradas, se quitaron los abrigos.

Yoshie deslizó la puerta corredera.

—¿Hola? —dijo asomando la cara.

Nagare Kamogawa salió de la cocina vestido con una chaqueta blanca de cocinero.

—Muy buenas. ¿Puedo ayudarles en algo?

—¿Es ésta la taberna Kamogawa? —le preguntó Masayuki.

—Así es, pero hoy ya está cerrado, lo siento —se disculpó Nagare.

Yoshie lo miró con ojos de súplica.

—Es que... necesitamos su ayuda para encontrar un plato.

Nagare dejó pasar un momento antes de invitarlos a entrar haciendo un gesto con la mano.

—Pasen.

—Muchas gracias —dijo el matrimonio al unísono, y cruzaron el umbral con gestos de alivio.

Nagare les ofreció un par de sillas de tubo.

—Siéntense, por favor.

—Perdónenos por habernos presentado sin reserva —se disculpó Masayuki haciendo una reverencia antes de tomar asiento.

—No, no; es sólo que no acostumbramos a abrir por las tardes: las dedicamos a preparar cosas para las comidas del día siguiente.

En efecto, la barra estaba llena de cubetas y boles que quizá contuvieran ingredientes recién preparados. Algunos humeaban. Yoshie los miró de soslayo e hizo una reverencia.

—Sentimos mucho haberlo interrumpido.

Nagare rellenó la tetera de cerámica Banko-yaki con el agua caliente del hervidor.

—¿De dónde vienen?

—De Fushimi. Supimos de su restaurante por un anuncio en la revista *Ryori-Shunju* —respondió Yoshie.

—Pues si llegaron aquí tan sólo gracias a aquel anuncio y sin la ayuda de nadie, los felicito por habernos encontrado —dijo Nagare acercándoles sendas tazas de té de cerámica Kiyomizu-yaki.

—No se crea: llamamos a la redacción de la revista y, aunque al principio se negaron a revelarnos la dirección, después de mucho insistir conseguimos hablar con la redactora jefa —explicó Yoshie sonriendo.

—Esta Akane...—masculló Nagare con una sonrisa de medio lado, y añadió—: Eso significa que estábamos destinados a encontrarnos.

—Estamos muy agradecidos con ella —dijo Masayuki entornando los ojos.

En ese momento, Koishi abrió bruscamente la puerta de entrada con una bolsa de plástico de supermercado colgada del brazo.

—Ya estoy aquí, papá —dijo sin levantar la cara.

—Podrías ser más delicada, hija —la regañó su padre—. Has asustado a los señores.

—Vaya... lo siento. No los había visto —repuso ella encogiendo los hombros y agachando la cabeza.

—Ésta es mi hija Koishi, es la directora de la agencia de detectives.

La pareja se levantó para saludar.

—Disculpen, aún no nos hemos presentado —indicó Masayuki—. Me llamo Masayuki Sakamoto y ésta es Yoshie, mi mujer. Hemos venido a pedirles ayuda para encontrar un plato.

Marido y mujer les hicieron una reverencia a Nagare y Koishi.

—¿Tienen hambre? Supongo que no han cenado... —sugirió esta última.

Los esposos se miraron y tragaron saliva.

—No los hemos avisado antes de venir —señaló Yoshie observando atentamente la reacción de su marido—, ya es bastante con que nos hayan dejado entrar...

—Acabo de preparar un par de cosas para mañana. Están casi listas, sólo denme unos minutos —pidió Nagare, y se encaminó a la cocina.

—Se lo agradecemos muchísimo —le dijo Masayuki mientras se alejaba.

—No se preocupe: a mi padre le encanta que la gente pruebe sus platos —aseguró Koishi, y les sirvió té.

—Le voy a ser sincera —dijo Yoshie sonriendo tímidamente—: en realidad, teníamos muchísimas ganas de comer aquí. La redactora jefa de la revista *Ryori-Shunju* nos habló tan bien de la cocina del señor Nagare que estábamos ilusionados de poder probarla.

—O sea que han llegado hasta aquí por nuestro anuncio en esa revista. ¿De dónde vienen? —preguntó Koishi.

—De Fushimi —respondió sucintamente Yoshie.

—¿Se dedican a algo relacionado con el mundo culinario? Lo digo porque no todo el mundo lee esa revista.

—Tenemos una tienda de dulces japoneses —contestó Masayuki—. Se llama Kokando.

—Me encantan los dulces —aseguró Koishi sentándose a la mesa frente a ellos—, ¿qué clase de dulces venden?

—Hacemos diferentes tipos de *mochi* y *manju*: dulces sencillos, perfectos para cualquier ocasión —explicó Yoshie orgullosa.

—¡Ésos son los que más me gustan! —afirmó Koishi abriendo mucho los ojos: *ohagi*, *sakura-mochi*, esa clase de dulces.

Siguieron conversando animadamente hasta que Nagare llegó de la cocina y puso sobre la mesa un par de bandejas *oshiki*.

—Gracias por la espera —dijo.

Masayuki se enderezó en la silla.

—Muchísimas gracias.

—Esta taberna es lo que es: no ofrecemos nada excepcional; aun así, espero que les guste —se justificó Nagare mientras ponía en cada bandeja una caja de comida de dos niveles con lacado Shunkei-nuri.

Yoshie destapó una y se le iluminó la cara.

—¡Pero si esto parece un banquete de Año Nuevo! ¡Siento como si nos estuviéramos anticipando!

—No se crea, señora —dijo Nagare con modestia—; no es nada tan especial, aunque sí he procurado que fuera variado. Aquí arriba les he puesto lomo de atún en salsa de soja y *wasabi*; sashimi de piel de tofu y sashimi extrafino de dorada con pasta de sésamo. Luego, tortilla en caldo de pescado y sushi de besugo *guji*, que le he preparado al estilo *kosode*, es decir: en forma de manga de kimono. Aquí tienen setas *oguro-shimeji* y berro japonés *mizuna* cocidos y aliñados con salsa de soja y bonito seco, y esto que tiene forma de crisantemo es nabo Shogoin al vinagre. Las brochetas son de albóndigas de codorniz, langostinos al vapor y pepino macerado con sal.

Mientras escuchaban atentos las explicaciones del cocinero, la boca se les hacía agua.

—Querrán tomar sake, ¿no? —preguntó Koishi acercándose a la mesa— ¿Les pongo un jarrito?

—Nos encantaría, se lo aseguro, pero después de cenar tenemos que contarles cosas importantes, así que por esta vez nos abstendremos —lamentó Masayuki.

—Si van a comer sin sake, no es necesario esperar para comer lo que está más abajo en la caja.

Yoshie descubrió el contenido del nivel inferior.

—Madre mía...

Nagare les explicó lo que había en esa parte de la caja:

—Esto es pez mantequilla condimentado con miso y sellado en la plancha. En el cuenquito hay bardana de Horikawa con pulpo de Akashi en salsa japonesa, rábanos de la variedad *shogoin* y setas *shiitake* secas. Eso de allí son unos ejemplares pequeñitos de pez *moroko* cocinados con salsa de soja y azúcar y envueltos en hojas de *shiso*. Las frituras son: caballa marinada en salsa de soja, sake y otros aderezos, y tubérculo *ebi-imo*. También les he puesto un rollo de pato y otro de cerdo negro, el primero envuelto con cebollino y el segundo con puerro; les recomiendo que les pongan un poco de pimienta *sansho* o mostaza *karashi*. El arroz es de cangrejo de las nieves; yo le pondría un poco de perejil japonés *mitsuba*. Luego les traeré sopa de miso rojo con ostras y *tofu*. Adelante, disfruten —concluyó, y se marchó a la cocina.

Koishi se acercó a la mesa con una tetera de barro Mashiko-yaki que dejó al lado de Yoshie.

—Les dejo más té para que se sirvan todo el que quieran, ¿de acuerdo? —dijo, y se fue detrás de su padre.

—¿Empezamos? —propuso Masayuki juntando las manos. Yoshie lo imitó.

Cogieron los palillos y pasearon la mirada por los dos niveles de las cajas, que habían colocado lado con lado, sin decidirse por ningún plato. Finalmente, Masayuki se lanzó a por el atún.

—No recordaba que el lomo del atún fuera tan rico —comentó asombrado.

—Yo tampoco: me parece aún más bueno que la ventresca —repuso Yoshie.

—Y jamás se me habría ocurrido que la pasta de sésamo combinara tan bien con el sashimi de dorada.

—Y a mí tampoco que la caballa se pudiera preparar así.

—¡Esta bardana con pulpo está deliciosa!

—¡Y este sushi de besugo está de escándalo!

Siguieron comiendo, descubriendo sabores y sorprendiéndose con cada bocado hasta que Nagare los interrumpió acercándose a la mesa con dos cuencos en una bandeja.

—Aquí tienen la sopa de miso rojo.

Yoshie se levantó ligeramente del asiento para hacer una reverencia.

—Estamos disfrutando muchísimo —aseguró.

—Me alegra saberlo. Pero sigan, por favor —pidió Nagare, y dejó los cuencos en la mesa.

—Son platos realmente excepcionales —añadió Masayuki sonriendo—. Está todo buenísimo.

—No hay punto de comparación con los dulces *wagashi* —repuso Nagare con humildad—. Estos platos prácticamente se hacen solos: basta con reunir buenas materias primas, porque las recetas son bien sencillas, se lo aseguro.

—De eso nada: lo nuestro consiste en poco más que hacer pasta de judías y de arroz *mochigome* y juguetear un poco con ella. Tratar con pericia toda esta variedad de ingredientes es algo fuera de nuestro alcance —replicó Masayuki, y luego agregó tímidamente—: ¿Puedo pedirle otra ración de arroz de cangrejo?

—Por supuesto —respondió Nagare.

—Sé un poco más comedido, cariño —susurró Yoshie recriminando con la mirada a su marido.

—Déjelo que pida todo lo que quiera, señora; faltaría más —aseguró Nagare—. El mayor elogio para un cocinero es que los comensales deseen repetir. —Se fijó en la caja de comida de Yoshie y añadió—: ¿Le sirvo otra ración de arroz a usted también?

—No, no, yo ya tengo suficiente, muchas gracias —respondió ella tapando la caja con las manos.

Nagare se fue a la cocina y ellos continuaron comiendo.

—¿Cuánto hace que no comíamos algo tan rico juntos? —dijo Masayuki dando un sorbo a la sopa y mirando a su mujer por encima del cuenco.

Ella procuró hacer memoria, pero acabó por rendirse.

—Hace tanto que ya ni me acuerdo —repuso.

—Esta cena me ha convencido de contarles todo lo necesario para que nos ayuden a encontrar el plato que buscamos —afirmó Masayuki apretando los labios.

—Estoy de acuerdo —convino Yoshie con una sonrisa.

Terminaron de comer y se bebieron el té lanzando miradas expectantes a la cocina. Se sentían nerviosos.

Después de un rato, Nagare volvió a la sala y se disculpó:

—Perdónenme por hacerlos esperar: me había organizado mal para mañana y he terminado complicándome la vida yo solo.

—No, no. Es culpa nuestra: nos hemos presentado aquí de improviso —dijo Yoshie encorvando un poco la espalda.

—No, por favor, nada de eso. Me alegro mucho de que hayan quedado satisfechos. Síganme, los acompaño a la oficina. Está al fondo.

Y abrió la puerta contigua a la barra.

Caminaron despacio por el largo y estrecho pasillo que conducía al fondo del edificio.

—¡Ah! —exclamó Masayuki mirando atrás—. Si no me equivoco, este tipo de construcción se llama «guarida de anguila», ¿verdad? Yo soy de Fushimi de toda la vida, así que jamás había visto una.

—No, ¡ya quisiéramos que se pareciera a una de esas casas de madera tradicionales de Kioto, las *kyomachiya*! —afirmó Nagare volviéndose con una sonrisa—. Simplemente es que el solar tenía esta forma y no hubo manera de organizar el espacio de otra manera.

Yoshie observaba con interés las fotografías que llenaban las paredes del pasillo.

—Imagino que éstos son platos que usted mismo ha cocinado, ¿es así?

—Efectivamente, son mis platos, y también mis recetas, de algún modo, porque nunca las anoto.

Masayuki se detuvo y se aproximó a examinar más de cerca las imágenes.

—Cuando inventamos algún dulce nuevo, nosotros también le hacemos una foto y la guardamos en un álbum.

—¡Pero lo mío es distinto! —explicó Nagare soltando una carcajada—. He sido siempre muy desordenado y la única solución ha sido este galimatías de fotos colgadas en un pasillo.

Al oír la risa de su padre, Koishi abrió la puerta del fondo y los invitó a entrar.

—Pasen, por favor.

—Los dejo con mi hija —anunció Nagare, y regresó a la taberna.

Masayuki se apresuró a entrar, seguido de su esposa.

—Muchas gracias por atendernos —le dijo a Koishi.

—Siéntense, por favor —dijo ella ofreciéndoles el sofá.

Masayuki y Yoshie se sentaron uno al lado del otro.

—¿Tendrían la amabilidad de cumplimentar este formulario? —preguntó Koishi, y puso el formulario de solicitud en la mesa baja que habría entre ella y la pareja.

Masayuki cogió el portapapeles con el bolígrafo sujeto en el clip y se lo pasó a su esposa.

—¿Te importa si te encargas tú? Yo tengo una letra horrible.

Yoshie se dedicó unos momentos a llenar el formulario y, al acabar, se lo tendió a Koishi, que leyó en voz alta la información siguiendo las líneas con un dedo:

—Señores Masayuki y Yoshie Sakamoto... dueños de una tienda de *wagashi* llamada Kokando. ¿Es un negocio antiguo?

—Se fundó en mil novecientos veintiocho, así que le faltan unos años para ser centenario. Imagino que, para los estándares de Kioto, un negocio que no es centenario es un negocio joven.

A Koishi le resultó simpática la modestia de Masayuki.

—En mil novecientos veintiocho... —dijo mientras contaba con los dedos—. Le faltan sólo quince años para llegar a los cien. ¿Ya tienen quien los suceda cuando se retiren?

Los esposos se miraron.

—Precisamente ése es uno de los motivos que nos ha traído aquí... —reveló Masayuki.

—¿Ah, sí? Bueno, pero dejemos eso para un poco más adelante —propuso Koishi. Luego adelantó las rodillas y añadió—: Por ahora, díganme qué plato están buscando.

—Una tarta de Navidad —dijo Yoshie con claridad, casi con contundencia.

—Ahora que lo dice, la Navidad está a la vuelta de la esquina... —recordó Koishi con la mirada perdida—. Perdón... una tarta de Navidad, ¿eh? —preguntó dejando caer los hombros.

Masayuki se inclinó hacia delante.

—¡No me diga que no buscan tartas!

—No, no es eso. Sólo es que a mi padre no se le dan muy bien los dulces —repuso Koishi mientras dibujaba una tarta en el cuaderno.

—Entonces, ¿no pueden ayudarnos? —insistió Yoshie con ademán implorante.

Koishi se enderezó en el asiento.

—Por favor, cuénteme más detalles sobre esa tarta.

—Hace unos seis años por estas fechas, perdimos a Kakeru, nuestro único hijo, en un accidente de tráfico... —empezó a explicar Masayuki.

—Vaya... lo siento muchísimo. ¿Cuántos años tenía? —preguntó Koishi tras quedarse unos segundos en silencio.

—Acababa de cumplir diez —dijo Yoshie con voz queda.

Koishi estudió el rostro de ambos: no quería decir alguna imprudencia.

—Madre mía... imagino que fue durísimo.

—Fue algo tan inesperado y tan tremendo que al principio ni siquiera sabíamos cómo reaccionar. Tardamos mucho en asimilarlo —explicó Masayuki conmovido mientras Yoshie lo secundaba asintiendo con la cabeza—. Nuestra tienda está cerca del templo Gokonomiya y vivíamos algo lejos, de modo que mi madre tenía que ir por Kakeru al colegio, llevarlo a casa y cuidar de él hasta que volvíamos de trabajar, pero mi madre enfermó y eso ya no fue posible, así que empezó a regresar y a quedarse solo en casa...

De pronto, Masayuki ya no pudo continuar y fue Yoshie quien tomó el relevo:

—Era un niño muy cuidadoso y precavido, por eso estábamos relativamente tranquilos, pero el accidente no ocurrió en casa, sino cuando volvía del colegio con otros compañeros: un coche lo atropelló.

—Lo siento...

—Había habido varios accidentes parecidos —siguió explicando Yoshie con voz titubeante—, por eso muchos padres preferían ir a buscar a sus hijos; ¡si hubiéramos hecho lo mismo...! —dijo Masayuki mirando al techo.

Yoshie intervino para tranquilizar a su marido:

—Pero la culpa fue del conductor. No tiene sentido castigarnos pensando en lo que podríamos haber hecho y no hicimos: nosotros mismos podríamos haber muerto en un accidente dejando a nuestro hijo huérfano.

Masayuki, que se había recompuesto un poco, cambió de tema:

—El caso es que, mientras vivía nuestro hijo, en casa no comíamos más que dulces *wagashi*, nunca pasteles ni tartas de estilo occidental. No es que nos lo propusiéramos, simplemente ocurrió así, pero Kakeru debía de pensar que se trataba de una especie de ley no escrita, de modo que, en vez de pedirnos que le compráramos esas cosas, se las compraba él mismo a escondidas en una pastelería del barrio.

Yoshie se enjugó las lágrimas con un pañuelo.

—Sólo supimos de esa afición de nuestro hijo —explicó— cuando la pastelería a la que iba nos mandó una tarta de Navidad al velatorio.

—¿Recuerda el nombre de la pastelería? —preguntó Koishi disponiéndose a tomar nota.

—Cent Nuits —repuso la otra—, aunque por desgracia ha cerrado.

—«Cent Nuits» —repitió Koishi mientras anotaba—, un nombre francés...

—Siete días después de la muerte de Kakeru fuimos al pequeño local para agradecer el detalle y conocimos a la dueña: era una anciana que llevaba el negocio ella sola —contó Masayuki.

Koishi fue por un mapa y lo desplegó en la mesa baja.

—¿Sabrían indicarme la ubicación exacta?

—Aquí está la estación de tren de Sumizome y aquí la oficina de correos, así que debía de estar por aquí —repuso Yoshie señalando en el mapa un punto cercano a un templo situado a la orilla del río.

—¿Y cómo se llamaba la dueña? —quiso saber Koishi.

—No lo sabemos —repuso Yoshie—: aquel día no se nos ocurrió preguntarle su nombre y, cuando volvimos, el negocio ya había cerrado.

—Estábamos tan alterados que pasamos una buena temporada viviendo como en otro mundo —agregó Masayuki.

Koishi mordisqueaba el bolígrafo.

—¿Y cómo era la tarta de Navidad?

Masayuki y Yoshie se miraron entre sí y esta última tomó la palabra:

—Es que sólo probé un bocado y...

—¡Yo también probé muy poco!

—¡Qué lástima! —lamentó Koishi resoplando.

— Nos pareció fuera de lugar comernos el obsequio de Kakeru... y lo cierto es que tampoco estábamos de humor —explicó Masayuki con la mirada clavada en el mapa.

—Lo comprendo —dijo Koishi, pero dejó caer los hombros de pura decepción.

Yoshie procuró hacer memoria:

—A la vista parecía la típica tarta de Navidad: una base de bizcocho recubierta de nata y decorada con muchas fresas.

—También llevaba un adorno de chocolate con las palabras «*Merry Christmas*» —añadió Masayuki. Una lágrima rodó por su mejilla.

—Dejemos de lado el aspecto. ¿Recuerdan algún detalle del sabor?

Masayuki ladeó la cabeza.

—No... nada especial.

Yoshie entornó los ojos.

—Como le hemos dicho, apenas probamos un bocado, pero creo recordar que el bizcocho me pareció algo duro, y la nata, afrutada y liviana.

—Y olía muy bien —agregó el marido.

Koishi había dejado de escribir y se había puesto pensativa. Masayuki y Yoshie la observaron con gesto de preocupación y, en cuanto abrió la boca para hablar, se inclinaron hacia delante.

—No quiero decepcionarlos —dijo procurando ser lo más delicada posible—, pero, si no recuerdan bien el sabor de aquella tarta, puede que no la reconozcan si vuelven a probarla, ¿no es cierto? Y entonces, ¿para qué empeñarse en buscarla? En todo caso, me gustaría saber por qué quieren encontrarla justo ahora, cuando ya han pasado seis años del desafortunado accidente de su hijo.

Ninguno de los dos respondió enseguida. Transcurrieron unos instantes hasta que Yoshie musitó con la mirada baja:

—Queremos cerrar una etapa de nuestras vidas.

—Comiendo aquella tarta de Navidad nos gustaría poner un punto final a todo lo que ha pasado —aclaró Masayuki.

—¿Un punto final? ¿Acaso quieren olvidar a su hijo fallecido?

—¡Por favor!...¿cómo vamos a querer olvidarlo? Además, eso sería imposible, aunque quisiéramos hacerlo

—afirmó rotundo Masayuki con los ojos repletos de lágrimas.

—Pero también creemos que no debemos seguir arrastrando el dolor eternamente —puntualizó Yoshie.

Masayuki volvió a intervenir en un tono enérgico, como aleccionándose:

—No debemos seguir abrumados y cegados por el dolor... no debemos.

Se quedaron los tres en silencio. Luego, Masayuki retomó la palabra con aire grave:

—Mi familia ha tenido la tienda de dulces Kokando desde hace cuatro generaciones, pero, tal como están las cosas, ésta cerrará cuando muramos. Hasta hace poco pensaba que no tenía importancia, que mis antepasados lo comprenderían y nos perdonarían... —Hizo una pausa y levantó la cara al techo para evitar echarse a llorar—. El caso es que ha aparecido un estudiante universitario que siente auténtica devoción por nuestros dulces y que va a comprar a menudo. Este año se gradúa en la Universidad de Kyonan... —dijo Yoshie y miró a su esposo como animándolo a seguir.

—Se llama Katsuya y, como acaba de decir mi mujer, es un enamorado de los dulces *wagashi*. No pasaba una semana sin que fuera a comprar, y hace poco nos pidió que lo acogiésemos como aprendiz —contó Masayuki animándose un poco.

—¡Se juntó el hambre con las ganas de comer! —comentó risueña Koishi.

Masayuki sonrió tímidamente y continuó:

—¡Imagínese! ¡Graduado en la Universidad de Kyonan! Las mejores empresas se lo rifarían, y mire por dónde...

—Y nosotros no sabemos cuánto tiempo más podremos seguir llevando el negocio —añadió Yoshie.

—¿Cómo se llama el chico?

—Katsuya Aso. Tiene veintidós años —respondió inmediatamente Yoshie.

—O sea, que él tomará el relevo y será la quinta generación del negocio.

—Ese día aún queda lejos —repuso Masayuki lanzando un suspiro—, o al menos eso creo, pero habrá que tenerlo en cuenta si finalmente lo tomamos como aprendiz. La verdad es que estamos indecisos porque todavía tenemos la sensación de que estamos dejando de lado a Kakeru.

—Y somos conscientes de que esas decisiones no se pueden tomar de la noche a la mañana —añadió Yoshie.

Koishi no se anduvo por las ramas:

—¿Y están seguros de que comer esa tarta les ayudará a decidirse?

—¡No lo sabemos! —respondieron los dos al unísono.

Koishi no supo qué decir.

—Comprendo perfectamente que le cueste entendernos —intervino Masayuki—, pero esta búsqueda es la única solución que hemos podido entrever después de dos semanas de darle mil vueltas al asunto. Rogamos su comprensión y ayuda.

Ambos agacharon la cabeza.

—De acuerdo, le contaré a mi padre todo lo que me han dicho —dijo Koishi cerrando el cuaderno.

—Muchas gracias —dijeron Masayuki y Yoshie de nuevo al unísono. Luego hicieron una profunda reverencia.

. . .

Nagare se volvió sonriente en cuanto aparecieron en la sala.

—¿Le han contado a mi hija todo lo que querían que supiésemos?

—Sí —respondió Yoshie con una sonrisa—. No nos hemos dejado nada.

—Muy bien, entonces... —empezó a decir Nagare, pero Koishi lo interrumpió.

—Esta vez, me temo que vas a sudar la gota gorda, papá.

Él se quedó bastante desconcertado.

—Somos conscientes de que es una petición que roza el despropósito —se disculpó Masayuki avergonzado.

—Bueno, bueno... no puedo decir mucho sin conocer el asunto, pero les aseguro que me esforzaré al máximo.

—Se lo agradecemos enormemente —dijo Yoshie haciendo otra reverencia.

—Koishi, ¿les has dado cita para el próximo día?

—Vaya, se me había olvidado. ¿Podrían volver dentro de un par de semanas?

—Dentro de dos semanas será Nochebuena —dijo Nagare examinando el calendario—, quizá no sea una buena fecha...

Masayuki y Yoshie se miraron un momento.

—Por nuestra parte no hay ningún problema —contestó Masayuki.

—Pero ¿quizá para usted...? —preguntó Yoshie dirigiéndose a Koishi—. A lo mejor ya tiene otros compromisos...

—No se preocupe por eso —la interrumpió Nagare—: mi hija y yo siempre cenamos juntos en Nochebuena.

—Basta, papá —repuso ella—. No tengo ningún plan para ese día. —Procuró sonreír, pero le salió una mueca.

Yoshie sacó su cartera del bolso.

—¿Cuánto les debemos?

—Ya nos lo pagarán todo cuando hayamos acabado la investigación —respondió Nagare.

—De acuerdo —aceptó Yoshie agachando nuevamente la cabeza.

—Hasta el próximo día, muchas gracias por todo —se despidió Masayuki, y salieron del restaurante.

Nagare y Koishi se quedaron viendo cómo se alejaban. Luego Nagare miró al cielo y se echó vaho en las manos.

—Empiezan a bajar las temperaturas.

Entraron de vuelta en el local.

—Quizá sea el caso más difícil al que te hayas enfrentado jamás —comentó Koishi una vez que estuvieron dentro.

—¿Por qué, qué tengo que buscar? —preguntó su padre.

—Una tarta de Navidad.

—¡¿Una tarta de Navidad?! —exclamó Nagare abriendo mucho los ojos.

—¿Lo ves? —dijo Koishi cerrando el cuaderno que había abierto para mostrárselo a su padre—. Quizá tendríamos que haber rechazado este encargo.

—Nada de eso: ¡la reproduciré cueste lo que cueste! Anda, dame detalles. —Estiró la mano y cogió el cuaderno. Se recostó en la silla y comenzó a hojearlo.

»Cent Nuits, ¿eh? ¿Crees que tendré que aprender francés?

—¿Sabes, papá? Tengo la sensación de que quizá sea mejor que no la encuentres —musitó Koishi.

—¿Por qué dices eso? —preguntó su padre sin dejar de leer.

Ella le explicó los detalles del caso.

—A ver, Koishi —la interrumpió Nagare interrumpiendo la lectura—: nuestro trabajo es buscar el plato que nos pidan. Lo que suceda después, el cielo dirá.

Koishi asintió en silencio.

2

Cuando Masayuki y Yoshie llegaron a la estación de Kioto habían estado oyendo música navideña de fondo durante todo el viaje y, en cuanto echaron a andar, ambos se pusieron a canturrear un villancico. Se miraron y se echaron a reír.

Fueron por la calle Shichijo-dori en dirección al norte y Yoshie le preguntó a su marido:

—¿Te acuerdas de cuando Kakeru se dio cuenta de que tú eras Papá Noel?

—¡Claro que me acuerdo! —exclamó él riendo—. Me dejó planchado. No es común que un niño de cinco años te diga de pronto: «¡Así que tú eres Papá Noel!»

—Te estaba mirando con los ojos entreabiertos mientras colocabas los regalos al lado de su almohada. Era un niño tan especial... —dijo Yoshie justo al llegar a la taberna Kamogawa.

Al trasluz de la ventana de la planta superior se llegaba a vislumbrar vagamente la silueta de un árbol de Navidad.

Tras las cortinas de encaje se adivinaban adornos coloridos y variados.

—Era muy despierto y espabilado —señaló Masayuki, y se fijó en la ventana antes de alzar la mirada al cielo plomizo, cubierto de nubes densas.

Un gato atigrado que se les había acercado maulló a sus pies.

Yoshie se agachó y le acarició la cabeza.

—¿De dónde vienes, gatito?

Koishi salió del establecimiento y se agachó junto a ella.

—Es nuestro. Lo hemos llamado Hirune porque no hace más que dormir a todas horas.

—No lo vimos el otro día —comentó Masayuki ladeando la cabeza—. Ni siquiera lo oímos maullar.

Koishi cogió al gato en brazos y se levantó.

—Pasa mucho tiempo en casa de los vecinos porque mi padre no lo deja entrar en la taberna. Según él, «los animales no pueden entrar en los espacios en los que se sirve comida a la gente».

—Algo parecido me pasó a mí de niña: pensaba que podíamos tener un perro en casa porque teníamos el negocio en otro local, pero mi padre se puso como loco; decía que el pelo del animal podría colarse en algún dulce y no hubo manera de convencerlo de lo contrario. Total, que tuve que renunciar al perro —contó, y añadió con voz opaca—: creo que por eso, cuando Kakeru apareció con un cachorro abandonado...

Koishi bajó el gato al suelo y abrió la puerta corredera.

—Adelante, pasen. Hace frío.

Masayuki entró primero y Yoshie lo siguió tras despedirse del gato con un gesto de la mano.

—Nos vemos, Hirune.

—Aquí huele a dulce que da gusto —dijo Masayuki con una sonrisa apenas entrar—. Parece una pastelería.

Koishi rió.

—¡Más de un cliente nos ha preguntado si pensábamos reinventarnos!

—¡No he parado de hornear tartas un día tras otro y de la mañana a la noche! —declaró Nagare, que acababa de salir de la cocina—. Muchas gracias por venir.

—No, no: gracias a ustedes por aceptar un encargo tan absurdo —repuso Yoshie haciendo una reverencia. Se dio la vuelta y dobló su abrigo por la mitad.

—No diga eso: su encargo tiene todo el sentido del mundo, y es tan importante para mí como cualquier otro. Por favor, siéntense.

Los dos tomaron asiento.

Luego Koishi cubrió la mesa con un mantel a cuadros guingán.

—Vamos a darle un toque navideño al asunto, ¿eh?

—¡Pero te has olvidado de traer el árbol! —le recordó Nagare.

—¡Madre mía! Voy ahora mismo a por él.

Sacó la lengua con gesto pícaro y entró corriendo en la cocina. Se oyeron ruidos de pisadas apresuradas subiendo unas escaleras. Yoshie recordó el árbol detrás de la ventana.

—Encontré la receta de la tarta que están buscando —dijo Nagare—, pero me ha costado mucho reproducirla: ¡no había hecho una tarta en mi vida! Sin embargo, esta mañana por fin he conseguido sacar del horno la tarta que esperaba. Enseguida se la traigo —añadió, y volvió a entrar en la cocina.

La sala quedó en silencio.

Luego, se oyeron pasos bajando por unas escaleras y Koishi reapareció cargando con un árbol. Recorrió la sala con la mirada, buscando un lugar donde ponerlo.

—Disculpen el ajetreo.

—Les agradecemos mucho lo que están haciendo por nosotros —dijo Masayuki levantándose—. Esto va mucho más allá de la búsqueda de la tarta.

—Bueno, ya que estamos, lo pondré cerca de usted —declaró Koishi, e instaló el árbol detrás de Masayuki, pegado a la pared.

—Nosotros también hemos puesto un árbol de Navidad en casa: nos parece una costumbre entrañable —dijo Yoshie entornando los ojos.

—¿Qué les apetece tomar? ¿Café? ¿Té inglés o japonés? —les preguntó Koishi reajustando el mantel en la mesa.

—Té japonés, por favor: no solemos tomar café ni té inglés —repuso Yoshie.

Su marido asintió con la cabeza.

—¿En las tiendas de *wagashi* sólo se sirve té japonés?

—Supongo que en la mayoría de los establecimientos tradicionales, sí; pero imagino que será diferente en las tiendas que ofrecen dulces y pasteles occidentales —respondió Masayuki.

Nagare apareció con la tarta de Navidad en una bandeja de plata que sujetaba con las dos manos como si la fuera a ofrendar en un altar.

—Koishi, prepara los platos y los cubiertos —pidió poniéndose al lado de la mesa.

—Siendo una tarta, mejor usar platos de estilo occidental, ¿no?

—Sí: los de porcelana Ginori irán bien, y trae los tenedores de postre.

Nagare dejó la tarta delante del matrimonio y Masayuki se apresuró a acercar la cara.

—Ésta es...

—Sí: se trata de la misma tarta que la señora Satoko Oshima les envió al velatorio de su hijo —repuso Nagare.

Yoshie olfateó la dulce y delicada fragancia que desprendía.

—Reconozco este olor —afirmó.

Koishi puso en la mesa una tetera de barro de cerámica Mashiko-yaki.

—Me pareció que el té verde tostado *hojicha* pegaba más, ¿o preferían té verde normal?

—*Hojicha* está bien —aseguró Masayuki con una escueta sonrisa.

—Les dejo aquí un cuchillo. Coman tanto como quieran —dijo Nagare; se puso la bandeja bajo el brazo y, tras hacer una reverencia, se marchó a la cocina.

Koishi les sirvió el té en las tazas de cerámica Karatsu-yaki.

—Si desean más, no duden en pedírmelo —dijo, y se fue detrás de su padre.

Masayuki y Yoshie permanecían inmóviles observando la tarta con atención.

Tenía unos veinte centímetros de diámetro, e iba recubierta de abundante y blanquísima nata. En la parte superior, entre una multitud de fresas, había dos adornos: un mazapán con forma de Papá Noel y una estrella de chocolate.

—O sea que era así.

—Eso parece.

Siguieron mirando la tarta sin decir nada más.

Después de tres o cuatro minutos, Masayuki cogió el cuchillo, clavó la punta en el centro de la tarta y procedió a cortar, pero no pudo. El sudor le rezumaba por la frente.

De pronto, le dijo a Yoshie:

—Mejor hazlo tú.

Y le entregó el cuchillo.

—Lo que nos hubiera gustado compartir este momento con Kakeru, ¿verdad? —comentó ella, y las lágrimas asomaron a sus ojos.

—¿Por qué no se la ofrecemos tal cual a Kakeru? Ya tendremos tiempo de comérnosla. Es que no me atrevo a probarla antes de ofrecérsela a nuestro hijo —propuso Masayuki, también con los ojos llenos de lágrimas.

Nagare asomó la cabeza por entre las cortinas *noren* de la cocina.

—Por cierto, se me había olvidado contarles una cosa... —Notó que Yoshie iba a decir algo, pero le hizo un gesto con la mano y continuó—: Les he preparado otra tarta idéntica por si quieren llevársela a su hijo, así que pueden comerse ésa sin problema. —Y desapareció nuevamente.

Masayuki se enjugó las lágrimas.

—Se diría que nos lee el pensamiento.

—Pues no hay más que hablar: vamos a probarla —dijo Yoshie, y clavó la hoja del cuchillo en la tarta. —El filo atravesó la nata y el bizcocho con suavidad, sin hallar resistencia hasta que alcanzó la base, que contuvo ligeramente su avance—. Parece que la base tiene el bizcocho más duro —observó, y sirvió dos porciones en sendos platos.

Con el tenedor en una mano, Masayuki levantó el plato y se lo acercó a la nariz.

—Huele delicioso.

Yoshie no esperó a su marido y probó el primer bocado.

—¡Qué rica! —exclamó.

Una sonrisa sincera y generosa emergió en el rostro de Masayuki.

—¡Oh...! Está buenísima.

—Así es como sabía...

—Debe de ser.

Después de probarla, se pusieron a examinar la sección transversal de la tarta. Entonces, Nagare apareció con una tetera de cerámica Kyo-yaki y se acercó a la mesa.

—¿Qué me dicen? ¿Era ésta?

—Si le soy sincero, no sabría decirle con seguridad porque apenas recuerdo el sabor, como ya le explicamos, pero sí que coincide con la impresión que guardo de ella —dijo Masayuki asintiendo con la cabeza.

—Yo me estoy empezando a acordar de algunas cosas: el aroma, el sabor y, sobre todo, la textura... —comentó Yoshie cerrando los ojos.

—Pues me alegro mucho.

Nagare sustituyó las tazas y les sirvió *ryokucha*.

—¿Cómo la encontró? —preguntó Masayuki tras limpiarse la boca con un pañuelo.

Nagare sonrió con la tetera en la mano.

—Al principio confiaba en que, viniendo de una pastelería de Kioto, la encontraría enseguida, pero me equivoqué de medio a medio.

Masayuki le ofreció una silla.

—Me lo puedo imaginar. Nosotros también preguntamos por la pastelería y por su dueña a los comerciantes de la zona cuando cerró, pero nadie supo decirnos nada.

Nagare se sentó en una silla de tubo y dejó el cuaderno encima de la mesa.

—Es que ni la pastelería ni su dueña estaban afiliadas al sindicato de pasteleros... El caso es que, cuando estaba empezando a quedarme sin ideas, de pronto el nombre de la tienda me encendió la bombilla.

Koishi salió de la cocina y se puso detrás de Nagare.

—Mi padre no sabe una palabra de francés, así que de eso me encargué yo.

—Muchas gracias por su esfuerzo —dijo Yoshie acompañando sus palabras con una pequeña reverencia.

—Resulta que Cent Nuits, el nombre de la pastelería, quiere decir «cien noches» en francés, así que me pregunté por qué le habrían puesto un nombre tan peculiar y, al rato, caí en la cuenta de que la pastelería estaba en el área de Fukakusa, en Fushimi, y hablar de Fukakusa es hablar de Fukakusa no Shosho, el personaje de la célebre leyenda «La visita de las cien noches». Enseguida me di cuenta de que eso nos tenía que llevar a algún lugar —explicó Nagare, y puso encima de la mesa una fotografía de dos sepulcros contiguos.

Masayuki cogió la fotografía y la observó con sumo interés.

—Recuerdo aquella leyenda sobre la gran poeta Ono no Komachi. Si no me equivoco, es la base de la obra *Las visitas a Komachi*, del teatro *noh*, aunque en ésta el final es diferente.

—Sí, en *Las visitas a Komachi*, tanto Komachi como Shosho se salvan por la gracia de Buda, pero además la trama ocurre en la zona norte, a las afueras de Kioto: no tiene relación alguna con Fukakusa.

—Pero todo eso eran puras conjeturas suyas, ¿no, señor Kamogawa? —opinó Yoshie con un mohín de recelo.

—El instinto de mi padre suele ser infalible —fanfarroneó Koishi.

—Tiene razón, señora Yoshie —concedió Nagare sonriendo apenas—, en ese momento no eran más que conjeturas, pero pensemos: en aquella leyenda, Ono no Komachi le promete a Fukakusa no Shosho que se casará con él si la visita cien noches seguidas, pero Shosho falla la penúltima noche, cuando muere de frío en medio de la nieve. Es una historia muy triste, y sin embargo la señora Satoko Oshima tomó de ahí el nombre de su pastelería... —relató Nagare con ademán reflexivo.

—¿Y cómo supo que aquella señora se llamaba Satoko Oshima? —Masayuki echó el cuerpo hacia delante.

—Pues fíjese: gracias a las cien noches y a las noventa y nueve noches —dijo Nagare, y abrió sobre la mesa una guía turística de Kioto—. Esos números no se me iban de la cabeza, pero tampoco me llevaban a ningún sitio. El caso es que, como no se me ocurría nada mejor, me puse a hojear libros y guías turísticas de Kioto y... ¡bingo! Por pura suerte encontré el anuncio de una pastelería llamada Tsukumo Nuits.

Nagare señaló la guía de tiendas de un folleto del Parque Imperial de Kioto, pero ni Yoshie ni Masayuki parecían entender adónde quería llegar.

—¡Tsukumo Nuits quiere decir «noventa y nueve noches»! —explicó Koishi.

—Aquello no podía ser una simple coincidencia, así que me fui directo a visitar esa pastelería y ya se imaginarán lo que pasó: di en el clavo. Por cierto, allí me enteré de que a las maestras pasteleras se las llama *pâtissière* en francés. Pues bien, la *pâtissière* de Tsukumo Nuits era la señorita Kaori Oshima, nieta de la señora Satoko Oshima, dueña de Cent Nuits. Ella me contó que solía ir a ayudar a su abuela a su negocio... y también que había muerto —contó Nagare, y puso una foto sobre la mesa.

Yoshie la cogió y la miró con atención.

—Sí, la reconozco. Qué pena. Era una mujer muy elegante, con el pelo totalmente blanco y una expresión afable.

—La señorita Kaori recordaba bien las visitas de Kakeru a la pastelería. Me contó que solía aparecer por allí una o dos veces por semana, que la señora Satoko sentía auténtica devoción por él y que lo trataba con muchísimo cariño. Ambos pasarían buenos ratos conversando.

A Masayuki se le inundaron los ojos de lágrimas.

—Kakeru sabía escuchar, a pesar de lo pequeño que era.

—Con la de cosas que nos hubiera querido contar... y él siempre calladito, escuchando atento incluso cuando nos quejábamos o nos poníamos a despotricar contra no sé qué —dijo Yoshie, y se sonó ruidosamente.

Nagare recondujo la conversación:

—Al parecer, ésta es una tarta estadounidense, y este detalle guarda relación con un suceso histórico que concierne a Fukakusa.

—¿Una tarta estadounidense? —repitió Masayuki.

—Al final de la Segunda Guerra Mundial —explicó Nagare—, el ejército de Estados Unidos estableció una base en Fukakusa e instaló su puesto de mando en la Universidad de Ryukoku, concretamente en la primera planta del antiguo edificio de la biblioteca. Necesitaban intérpretes y, como la señora Satoko había estudiado en el extranjero y hablaba inglés, la contrataron. La esposa de uno de los oficiales le enseñó a preparar tartas caseras y, más tarde, ella aprovechó esos conocimientos para dar clases de repostería en su casa. Finalmente, hace unos diez años se decidió a abrir una pequeña pastelería en una calle lateral de la ruta que su hijo Kakeru seguía para ir al colegio. Imagino que el chiquillo la vio enseguida.

Les enseñó una fotografía del local.

—Por lo visto, a la base de estas tartas la llaman «galleta» —explicó Koishi—. Está hecha con harina de trigo, manteca de cerdo y un poco de bicarbonato sódico para que la masa quede más esponjosa.

—¿Y esta crema? Huele fenomenal —comentó Yoshie cogiendo un poco con la punta del dedo.

—La crema lleva unas gotas de zumo de melocotón *momo*. En su día, Fushimi fue famoso como tierra de melocotones; de hecho, el castillo de Fushimi Momoyama debe su nombre a los melocotoneros que estaban plantados alrededor.

—Así que era por eso... —dijo Yoshie asintiendo con los ojos muy abiertos.

—Pobre Fukakusa, ¡sólo le faltó una noche! —observó Masayuki con ternura y pesar.

—Es cierto que no pudo cumplir su deseo, pero su memoria continúa viviendo, por ejemplo, en el nombre de aquellas pastelerías —dijo Nagare mirando a los ojos a Masayuki.

—¿Hago más té? —intervino Koishi tratando de animar la conversación.

Yoshie se volvió para mirar a su marido y ambos se levantaron de la silla.

—Nos gustaría llevársela a Kakeru lo antes posible, así que... —dijo.

—Tiene razón: no lo hagan esperar más —respondió Nagare, se levantó a su vez y se dirigió a la cocina.

—¿Cuánto les debemos por la comida del otro día y la investigación? —preguntó Masayuki sacando la cartera.

Koishi le entregó un papel.

—Por favor, ingrese en esta cuenta la cantidad que considere oportuna.

—De acuerdo —dijo él; dobló la nota y la guardó.

Nagare volvió de la cocina con una bolsa de papel que contenía la tarta.

—Le he puesto la receta en la bolsa, aunque no sé si tendrán la intención de preparar la tarta alguna vez por ustedes mismos. Me la dio la señorita Kaori, procurando que fuera idéntica a la que le había enseñado su abuela, y también me entregó algo para ustedes. —Sacó un pequeño dibujo enmarcado de la bolsa—. Su hijo Kakeru le regaló este dibujo a la señora Satoko, y ella lo enmarcó y lo guardó como oro en paño.

—¡Es uno de nuestros dulces: un Sakuragawa! Fíjate qué bien lo dibujó, Yoshie —dijo Masayuki con ojos brillantes, y le mostró el dibujo a su esposa.

—¡Es verdad! La de Sakuragawa que comió Kakeru: cuando sobraban en la tienda, siempre los llevábamos a casa —recordó Yoshie conmovida.

—Por lo visto, su hijo le explicó a la señora Satoko que le regalaba el dibujo porque no podía llevarle el dulce.

—Es nuestro mejor dulce —explicó Yoshie—. Lo llamamos así por una obra de teatro *noh* que se ha venido representando durante generaciones en el precioso teatro del templo Gokonomiya.

—Vamos, que Kakeru hizo hasta de comercial de su negocio —señaló Koishi intentando disfrazar la emoción con un chiste.

Masayuki devolvió el dibujo a la bolsa con mucho cuidado.

—Qué gran regalo nos ha hecho, señor Nagare. No tengo palabras para agradecérselo —dijo Masayuki, y su esposa, a su lado, hizo una profunda reverencia.

—Sí: muchísimas gracias por todo.

Nagare abrió la puerta y de inmediato empezó a echar vaho por la boca.

—Ojalá nieve y podamos celebrar una blanca Navidad.

Hirune llegó corriendo y Koishi lo cogió en brazos. Yoshie le acarició la cabeza.

—Adiós, Hirune. Cuídate mucho.

—Mañana iremos al cementerio a informar a Kakeru y a nuestros antepasados acerca de Katsuya —dijo Masayuki.

—Me parece buena idea —afirmó Nagare.

—Les estaremos eternamente agradecidos por su ayuda.

Los esposos hicieron una reverencia y echaron a andar por la calle Shomen-dori en dirección al oeste, pero Nagare los llamó:

—¡Señores Sakamoto!

Ambos se volvieron.

—«No hereda la sangre, sino las manos que saben y hacen»: sabias palabras de Zeami —dijo.

Tras escuchar al cocinero, Masayuki juntó las manos a la altura del pecho.

Koishi y Nagare se quedaron mirándolos hasta que se perdieron de vista y luego volvieron a entrar en el restaurante. Hirune lanzó un maullido como despedida.

—Papá, ¿qué es eso que dijiste? Parecía un conjuro —comentó Koishi mientras limpiaba la mesa.

—No es ningún conjuro, sino un apotegma que aparece al final de *Fushikaden*, el tratado sobre el teatro *noh* del gran actor y dramaturgo Zeami.

—El francés no se me da del todo mal, pero el teatro *noh*... digamos que simplemente no lo pillo. ¿Qué quiere decir?

—Viene a decir que no por ser de la misma sangre se heredan las tradiciones familiares, que es preciso abrazarlas y mantenerlas.

Atravesó las cortinas *noren* y entró en la cocina llevando cacharros.

—¿Y crees que te entendieron? —volvió a preguntar Koishi.

—Si ponen a sus dulces nombres de obras de teatro *noh*, estoy seguro de que lo han entendido perfectamente —comentó Nagare desde el otro lado de la barra.

Koishi terminó de recoger y se sentó en un taburete.

—¿Y de qué trata *Sakuragawa*?

—Es una historia triste: narra la separación de una madre y su hijo —explicó Nagare poniendo una olla de barro en el fogón.

—Sólo con eso que me has contado ya me están entrando ganas de llorar, ¡menudo nombre para ponerle a un dulce!

—Pero la obra acaba bien: al final, madre e hijo se reencuentran.

Nagare se sentó delante del altar con la tarta en las manos, Koishi entró apresuradamente en la sala de estar y se sentó a su lado.

—Apuesto a que tu madre está buscando ahora mismo a Kakeru.

—Cuando lo encuentres, disfrutad juntos de la tarta, ¿vale, mamá? —dijo Koishi, y juntó las manos.

—Ay, Kikuko —dijo Nagare—, nunca comimos los tres juntos una tarta de Navidad.

—Porque jamás te tomaste un descanso por estas fechas, papá: mamá y yo siempre pasábamos las Navidades solas —intervino Koishi melancólica.

—Me parece que Kikuko ya no quiere más tarta... está pidiendo sake.

—¿No será que eres tú quien quiere beber?

Las risas, llenas de emoción y mezcladas con lágrimas, resonaron en el altar.

IV

Yakimeshi

焼飯

1

Hatsuko Shirasaki era modelo profesional, así que estaba acostumbrada a que la mirasen.

Caminaba como por una pasarela con el abrigo negro de cachemir desabotonado, el pelo castaño ondeando al viento y el bolso de charol de una marca de lujo colgado del hombro.

En Tokio es muy posible que fuera una chica más cuando iba por la calle, pero allí, en la Shomen-dori, delante de las tiendas de artículos budistas y con el templo Higashi Hongan-ji al fondo, su figura alta y esbelta y su apariencia algo andrógina (que recordaba a las estrellas del famoso grupo de teatro Takarazuka) resultaban imposibles de ignorar.

Cuando llegó a la taberna, el gato que se encontraba delante de la puerta maulló como anunciando su presencia.

—Tú eres Hirune, ¿verdad? —dijo agachándose para acariciarle la cabeza.

—¿Hatsuko? —exclamó Koishi asomándose a la puerta de la taberna.

Ella se levantó y ambas intercambiaron una mirada cómplice.

—¡Koishi! ¡Qué ilusión me da verte! Aunque debo confesar que hoy he venido a hablar sobre todo con tu padre...

—Venga, entra —propuso la otra abriendo la puerta corredera—, y perdona el desorden.

—Hasta luego, Hirune —le dijo Hatsuko al gatito despidiéndose con la mano, y entró en el establecimiento.

Koishi le ofreció una silla de tubo.

—¿Cuántos años hace que no nos vemos?

—Yo he venido un montón de veces a Kioto por trabajo, pero tú y yo... —empezó a decir la chica mientras se quitaba el abrigo.

Koishi terminó la frase:

—Quizá desde la boda de Akemi, ¿no? En cualquier caso —declaró mirándola de arriba abajo con admiración—, sigues conservando tu estilazo de siempre.

—¡Pues tú estás idéntica a cuando íbamos a la universidad! Y no se me olvida que eras la más lista de la promoción, ¿eh?

—Y ya ves para lo que me ha servido —repuso Koishi encogiéndose de hombros.

Hiroshi Fukumura, que había estado comiendo en la barra de espaldas a las dos, se levantó del taburete.

—Todo buenísimo, como siempre —dijo en voz alta—, pero los fideos *soba* cinco delicias estaban de rechupete.

—Muchas gracias —dijo Nagare asomando la cabeza desde la cocina—. ¿Te has quedado a gusto? Quizá te he puesto pocos fideos, o poca salsa *ankake*...

—No, para nada; me he quedado más que satisfecho —aseguró el joven sonriendo; dejó una moneda de quinientos yenes en la barra y, después de apretarle cariñosamente un hombro a Koishi, se encaminó hacia la puerta.

—Abrígate, que hace frío —le dijo ella poniéndose colorada.

—Te gusta, ¿eh? —inquirió Hatsuko.

—¡Qué va! Es un buen cliente, nada más. Tiene un restaurante de sushi en el barrio.

Hatsuko escrutó su rostro.

—Siempre te ha gustado el sushi...

—¡Ésa es la voz de Hatsuko! —exclamó Nagare, y a continuación salió de la cocina secándose las manos con el delantal.

—¡Señor Nagare! —lo saludó ella, y agachó graciosamente la cabeza—. ¡Cuánto tiempo sin verlo!

—Pues yo no tenía esa impresión; debe de ser porque te veo a todas horas en las revistas y la televisión. Y confirmo que sigues guapísima.

—¡Papá! —intervino Koishi. Lanzó un bufido hinchando los carrillos y cambió de tema—. ¿No tienes hambre, Hatsuko?

—Como el anuncio ponía «taberna Kamogawa», he venido sin desayunar...

—En realidad, viene a la agencia de detectives, papá —le explicó Koishi a su padre—, pero ya la atenderé más tarde. De momento, prepárale algo rico, ¿vale?

—Vamos a ver si consigo sorprenderla con un menú especial para chicas guapas —dijo él sonriendo—. Vuelvo en unos minutos.

Y se fue a toda prisa a la cocina.

Koishi resopló de nuevo.

—Por cierto, ¿cómo nos encontraste? —le preguntó a su amiga mientras echaba hojas de té en la tetera de cerámica Kyo-yaki—. Cuando ibas a casa aún vivíamos en la calle Shichiku, ¿no?

—En la boda de Akemi me contaste que os habíais mudado cerca de la estación.

—¿Ah, sí? Pues casi nunca hablo de eso: no me gusta recordar por qué tuvimos que dejar aquella casa.

—El caso es que en cuanto vi el anuncio de la taberna en la revista *Ryori-Shunju*, enseguida supe que os había encontrado: «Taberna Kamogawa, Agencia de Detectives Kamogawa, investigaciones gastronómicas»; ¡algo así sólo se le podía ocurrir a tu padre! —dijo Hatsuko sonriente. Luego paseó la vista por el local.

—Veo que sigues teniendo aquel sexto sentido —comentó Koishi mientras echaba agua caliente en la tetera.

—¿Y tu madre?

—En el cuarto de estar —repuso Koishi volviendo la cara hacia el fondo de la sala.

—¿Puedo ir a su altar a saludarla?

—Por supuesto.

Koishi la llevó hasta allí y ambas se sentaron delante del altar.

—Mi madre siempre te quiso como a una hija —comentó Koishi con los ojos húmedos—; para ella, eras más madura que yo, aunque fuésemos de la misma edad.

Hatsuko prendió una varilla de incienso, la ofrendó en el altar y se levantó.

—Pero era a mí a quien siempre le aconsejaba que tuviera cuidado con los abusivos.

Caminaron de vuelta hacia la mesa.

—No sé por qué, a mí nunca me decía esas cosas...

—Se preocupaba porque soy una pueblerina, y mucho menos espabilada que tú.

—¡Anda ya! ¡Que le pregunten a cualquiera quién de las dos parece más de pueblo y ya verás lo que contesta!

Las dos rieron.

Entonces, Nagare salió de la cocina con una caja negra de *bento* lacada y con tapa.

—¡Esas risas me recuerdan a mi juventud! —exclamó dejando la caja en la mesa—. Perdona por la espera, Hatsuko. Aquí tienes un *bento* especial, al estilo *shokado*. Espero que te guste.

—Sabía que le encantaba comer y que entendía de gastronomía, señor Kamogawa —recordó Hatsuko—, pero no tenía ni idea de que supiera cocinar...

—Adelante, abre la caja a ver qué te parece.

—¡Qué nervios! —dijo ella, y levantó la tapa con las dos manos—. ¡Madre mía, qué maravilla! —exclamó mientras observaba fascinada los distintos compartimentos—. Siento como si estuviera en un restaurante de lujo. ¿Éste es el famoso *shokado-bento*?

—Imagino que a estas alturas estarás acostumbrada a la buena mesa y te habrás vuelto exigente. A ver si te gusta, no las tengo todas conmigo —dijo él como si se sintiera inseguro, aunque su postura traslucía otra cosa: estaba tranquilo, con los brazos cruzados.

—Vamos, papá, no te quedes embobado mirándola —lo apremió Koishi—. Explícale lo que le has preparado.

—Ah, sí, claro —repuso él como si volviera en sí y centrándose en el *bento*—. Hatsuko, ¿sabías que las cajas de los *shokado-bento* estaban pensadas originalmente para que los pintores guardaran los tubos de pintura? Ésta, como ves, está dividida en cuatro espacios iguales. En el compartimento superior izquierdo he puesto los entremeses, todos del tamaño de un bocado: sushi de caballa del golfo de Wakasa en vinagre; ostras de Hinase con salsa de soja y azúcar; pollo frito envuelto en piel de tofu; ensalada de cangrejo de Taiza con un poquito de vinagre; calabaza de Shishigatani cocida en caldo de pescado y *wagyu* de Omi empanado y frito en almidón de patata.

En el compartimento superior derecho te he puesto un guiso *takiawase* de bacalao y un tubérculo que en el resto de Japón conocen como *taro*, pero que en Kioto llamamos *imo-bo*; te sugiero que le pongas un poquito de ralladura de piel del cítrico *yuzu*, le da un toque fresco. En el compartimento inferior derecho hay dos tipos de sashimi: de besugo *guji* envuelto en algas *kombu* y de pez limón de Toyama envuelto en láminas de rábano *shogoin*. Ambos combinan a la perfección con estos copos de algas *kombu* secas. Y, por último, en el compartimento inferior izquierdo te he puesto un arroz hervido en caldo de tortuga china. Se trata de una variedad con caparazón blando, y el caldo tiene un sabor muy suave, así que puedes agregarle jugo de jengibre, si te gusta: te lo he puesto en esta copita de sake. La sopa es de miso blanco y *awafu*, una pasta de gluten de trigo cocida al vapor con castañas. Y eso es todo. Adelante, espero que lo disfrutes —concluyó Nagare; se puso la bandeja bajo el brazo, le dio una palmadita en el hombro a Hatsuko y se fue a la cocina.

Hatsuko se quedó en silencio mirando el *bento* con las manos sobre las rodillas. Un maullido de Hirune se filtró desde la calle.

Transcurridos un par de minutos, juntó las manos en señal de agradecimiento y cogió los palillos. Empezó cogiendo un poquito de sashimi de besugo y poniéndole unos copos de algas *kombu* secas y *wasabi* encima.

—¡Mmm! —exclamó tras llevárselo a la boca.

Luego puso el *wagyu* frito sobre el arroz hervido en caldo de tortuga china y los saboreó juntos con una sonrisa en la boca. Siguió con las ostras, el sushi de caballa, el *takiawase* de bacalao; todos sabrosísimos, ricos en aromas y sabores.

—¿Más té?—preguntó Koishi apareciendo a su lado con una tetera de cerámica Banko-yaki en la mano.

—Sí, gracias —repuso rodeando con las manos la taza de cerámica Karatsu-yaki, pero sin levantarla de la mesa—. Está todo buenísimo: jamás me habría imaginado que tu padre cocinaba así.

Koishi terminó de servir el té y sonrió orgullosa.

—Me encanta que lo digas porque, aunque no lo creas, le preocupaba que la comida no te gustara: se imagina que comes en los mejores restaurantes de Tokio y no das por buena cualquier cosa.

—¿Se cree eso de «Dime lo que comes y te diré quién...»?

—Bueno, ya hablaremos de eso —la interrumpió Koishi sonriente—, ahora come tranquila. ¿Te apetece un poco de sake?

—No estaría mal... —afirmó ella con voz melosa.

—¡Ja! Ya lo sabía yo. ¿Recuerdas que éramos las que más bebíamos de nuestra promoción? ¡Menudas borrachuzas estábamos hechas! —Se encaminó a la cocina— ¿Lo quieres frío o te lo traigo calentito? —preguntó volviéndose.

—¡Templado, gracias!

—Claro, claro: como siempre. ¡Marchando un sake templado! —dijo Koishi, y se perdió detrás de la cortina *noren*.

Hatsuko volvió a coger los palillos y pinzó el sashimi de pez limón. La fina loncha de pescado brillaba como una joya envuelta en el rábano blanco. Le agregó abundante pimienta *sansho* y unos copos de algas *kombu* secas y se lo llevó a la boca. La fragancia marina y el sabor fresco y sobrio del rábano se mezclaron y ella se enderezó como si un escalofrío le recorriera el espinazo.

Nagare se acercó con un jarrito de sake de Bizen y puso una copita de porcelana sobre la mesa.

—Conque sake templado... ¡Tú sí que sabes! Me he acordado de que lo solías tomar así cuando ibas a casa.

—¡La guerra que le dimos con nuestras borracheras! —dijo Hatsuko levantando la copa. Luego hizo una reverencia y agregó—: Espero que no sea tarde para pedirle disculpas.

Nagare echó un vistazo a la caja de *bento*. Estaba casi vacía.

—Menos mal que te ha gustado. Eran recetas muy sencillas.

—¿Sencillas? ¡Ni hablar! —repuso ella poniéndose seria—. Le aseguro que es muy difícil encontrar auténtica cocina tradicional de Kioto como ésta.

—Agradezco tus palabras, pero la sublime cocina tradicional de Kioto está a años luz de la mía. Yo no he aprendido a cocinar en restaurantes de renombre ni he sido discípulo de ningún cocinero: lo que sé lo he aprendido solo, y el resto es pura intuición.

—Diga lo que quiera, pero después de ser un magnífico policía se ha convertido en un gran cocinero: ¡es una especie de Superman!

—Bueno, tampoco exageres —dijo Nagare rascándose la cabeza.

—¡Qué ingenuo eres, papá! —opinó Koishi, y le dio un manotazo en la espalda—. ¿No te das cuenta de que son meros cumplidos?

—¡Para nada! —aseguró Hatsuko apretando los labios—. Estoy hablando totalmente en serio.

—Vámonos a la cocina, que la estamos interrumpiendo —dijo Nagare.

—Avísame si quieres más sake, ¿vale? —alcanzó a decir Koishi mientras su padre tiraba de su manga.

Cuando Hatsuko se quedó sola, cogió la copa de sake, dio un sorbito y lanzó un suspiro.

Mordió un trocito de pollo frito y se deleitó con la fragancia de la piel de tofu mientras masticaba la carne. Luego fue alternando el sake con la comida hasta que la caja quedó vacía. Entonces descubrió que aún quedaba un poco de sake en el jarrito y se sorprendió porque generalmente se lo acababa antes que la comida.

De pronto, se acordó de la última cena con su padre. Fue cuando aún estaba en primaria, así que sus recuerdos eran algo imprecisos: retazos de escenas, imágenes vagas. Estaban en uno de esos restaurantes tradicionales *ryotei* que por fuera parecen casas normales, pero dentro tienen reservados de lujo: un establecimiento bastante improbable en un pueblo. Ahora que lo pensaba, quizá era donde su padre agasajaba a sus clientes. Recordó que había notado que la dueña del establecimiento, una mujer ya entrada en años, y su padre se trataban con confianza, y que les habían servido sashimi, tempura, bistec... todo sin duda preparado con los ingredientes más selectos. No obstante, no podía recordar ninguno de esos sabores, aunque sí que a su padre se le escaparon las lágrimas mientras comía el melón que le habían llevado de postre. Él sabía lo que significaba una cena como ésa, pero ella no: era apenas una niña.

Se entretuvo unos instantes jugando con la copita de sake vacía, luego levantó la vista y recorrió el techo con la mirada.

—¿Otro jarrito? —le preguntó Nagare agitando el recipiente vacío.

—Ya he tomado suficiente, muchas gracias —repuso ella juntando las manos.

—Koishi está preparando la oficina. Reposa un momento y después te acompaño hasta allí —dijo Nagare tapando la caja *shokado*.

—Muchas gracias por la comida —agradeció ella, y luego agregó mirándolo a los ojos—: Estaba todo realmente bueno, y no es un mero cumplido.

—Gracias a ti, Hatsuko; sé que eres totalmente incapaz de mentir.

—Pues sí, aunque mi representante siempre está insistiéndome en que sea menos franca y me adapte un poco a cada situación.

—Quizá para otros sea un buen consejo, pero no para ti. Yo creo que en tu caso lo mejor será que hagas siempre lo que dicte tu corazón.

Ella agachó la cabeza y se quedó rumiando esas palabras.

—¿Un poquito de té para despejar la modorra? —le preguntó Nagare.

—No, no, gracias. Estoy bien —repuso ella. Se puso de pie y añadió—: ¿Vamos a la oficina?

Cruzaron una puerta al fondo del comedor y luego avanzaron por un pasillo largo y estrecho. Los tacones de Hatsuko resonaban contra el suelo.

Se abrió la puerta del fondo y Koishi asomó sonriente.

—Adelante.

—Toda tuya —dijo Nagare, se dio la vuelta y se alejó.

Hatsuko le hizo una pequeña reverencia a Koishi y entró en la habitación.

—Estamos mejor aquí que en el comedor, ¿no crees? —dijo Koishi ofreciéndole sentarse en el sofá.

—Me gusta el estilo retro de este cuarto —comentó Hatsuko paseando la mirada por la estancia—. Además, tiene vistas al jardín.

Koishi se sentó frente a ella.

—¿Podrías cumplimentar este formulario? —dijo poniendo un portapapeles encima de la mesa baja que había entre ambas—. Es solamente para tener un registro de los casos que atendemos, no porque desconfiemos de ti ni nada de eso.

—Qué nervios —respondió Hatsuko, pero se puso el portapapeles en las rodillas y empezó a rellenar la hoja bajo la mirada atenta de Koishi.

Cuando terminó, se lo tendió de vuelta.

—¿Te parece bien así?

—Perfecto, señorita Hatsuko Shirasaki —dijo Koishi. Abrió el cuaderno y añadió—: Y bien, ¿qué plato buscamos?

—Un *yakimeshi*.

Koishi abrió los ojos como platos.

—¿Un *yakimeshi*? ¿Tú?

—¿Te extraña?

—Viniendo de ti, me esperaba algo más... no sé, ¿elegante?

Hatsuko miró al techo y lanzó un suspiro.

—Es que en las entrevistas sueles decir que tus restaurantes preferidos son franceses de lujo, italianos con tres estrellas y sitios así —explicó Koishi.

—Pero a ti te conté muchas veces que nací en un pueblecito de Shikoku donde viví hasta los diez años y que luego, por lo que sea, me mandaron a vivir con mis tíos —repuso Hatsuko escogiendo las palabras con cuidado—. El *yakimeshi* que estoy buscando es el que solía prepararme mi madre cuando yo era niña.

—Nunca te gustó mucho hablar de tu infancia —dijo Koishi alzando la vista—, o al menos ésa era la impresión que tenía yo, pero si quieres que encontremos ese *yakimeshi* voy a tener que hurgar en tu pasado, ¿no te importa?

Hatsuko se enderezó en el asiento.

—Mi representante me tiene prohibido hablar de cuando era pequeña, pero de ti me fío al cien por cien, así que...

—Puedes estar tranquila no sólo porque somos amigas, sino porque guardar los secretos de los clientes es un deber de cualquier detective.

—Muchas gracias —dijo ella inclinando levemente la cabeza. Luego dio un sorbo de té y continuó—: Nací en una ciudad portuaria llamada Yawatahama, en la prefectura de Ehime. Mi padre tenía una empresa, pero, según supe mucho después, cometió una serie de irregularidades contables que le acarrearon una multa que simplemente no podía pagar. Terminó quebrando, y esa situación dañó la salud de por sí frágil de mi madre, que falleció poco después —concluyó bajando la voz.

—¿Cómo se llamaban tus padres?

—Fumio y Yasuyo Shirasaki.

—¿Y qué sucedió después?

—Pues que mi padre empezó a trabajar de temporero viajando por todo Japón, y en esas condiciones era imposible que se hiciera cargo de mí, así que me mandó a vivir con mis tíos.

—Imagino que fue muy duro para ambos —se compadeció Koishi.

—Yo tuve la suerte de que mis tíos, que no habían podido tener hijos, me acogieran como si fuera hija suya y me dieran todo el cariño del mundo. Nunca me faltó de nada: tenían dinero y me consintieron muchos caprichos. Estoy muy agradecida con ellos —declaró Hatsuko.

—Yo pensaba que eras rica de nacimiento...

—Mis tíos siempre me dijeron que era mejor que no hablara de la época en que vivía con mis padres en Yawatahama, por eso no lo hago nunca —repuso Hatsuko agachando la cabeza—. Perdóname: ahora siento como si te hubiese mentido.

—No te preocupes, no tiene importancia. Dejemos eso y vayamos al grano, ¿vale? Háblame de ese *yakimeshi*.

—La verdad es que no lo recuerdo bien, sólo estoy segura de que estaba buenísimo y me encantaba, y también de que era muy distinto al arroz frito de los chinos.

—¿En qué se diferenciaban? —preguntó Koishi sujetando el bolígrafo.

—Pues... —Hatsuko se quedó pensando un rato y finalmente dijo—: creo que tenía un toque ácido.

—¿Un *yakimeshi* ácido? ¿No estaría pasado? —dijo Koishi sonriendo con malicia.

—No, no; no me refiero a ese tipo de acidez, sino a la que te deja una sensación de frescura en la boca.

—¿Llevaría limón exprimido o algo así? ¿Qué pinta tenía?

—Lo recuerdo un poco rosa.

—¿Rosa, el arroz? —preguntó Koishi tremendamente sorprendida.

—Ya sé que el *yakimeshi* suele ser marrón por la carne de cerdo, pero éste no era así. Recuerdo que llegaba del colegio y me lo encontraba sobre la mesa, cubierto con una servilleta de tela, y también que, cuando levantaba la servilleta, siempre me llamaba la atención el color.

—Dices que te lo encontrabas sobre la mesa, o sea que ¿tu madre no solía estar en casa cuando tú llegabas?

—Exacto: trabajaba por horas y no volvía a casa hasta tarde.

—Así que ¿tú te calentabas el arroz... en el microondas, me imagino... y comías sola?

—Sí, mientras «hacía los deberes» delante de la tele —repuso Hatsuko dejando escapar una risita.

Koishi anotó el dato en el cuaderno.

—¿Y dónde trabajaba tu madre?

Hatsuko ladeó la cabeza.

—No me hagas mucho caso porque la verdad es que no lo tengo nada claro —respondió frunciendo el ceño—, pero me suena que trabajaba en una empresa llamada Ehime Sumo o algo parecido.

Koishi soltó una carcajada.

—¿Trabajaba en algo relacionado con la lucha sumo? ¡¿Qué clase de empresa era?!

—A lo mejor estoy diciendo una tontería: quizá se me hayan mezclado los recuerdos porque muchas veces había combates de sumo en la tele cuando me sentaba a cenar —explicó Hatsuko forzando una sonrisa.

—Vale, vale; dejemos eso por el momento. Cuéntame algo del sabor de aquel *yakimeshi*. ¿En qué se diferenciaba del típico arroz frito? —preguntó Koishi pasando la página del cuaderno.

—Insisto en que no me acuerdo muy bien, pero me da la impresión de que llevaba pescado. Sería lógico porque Yawatahama es una ciudad portuaria, ¿no?

—¿Un arroz frito con pescado? Me cuesta imaginarlo —comentó Koishi cruzándose de brazos.

—¡Perdona que os pida una cosa tan rara!

—Tú no te preocupes: a mi padre le encantan los casos difíciles porque se los toma como un reto personal y se siente realizado cuando los resuelve. Pero ¿por qué quieres volver a probarlo ahora?

Esa pregunta oscureció la expresión de Hatsuko, que tardó en responder:

—Bueno... es que... hace una semana me propusieron matrimonio.

—¡Enhorabuena! —exclamó Koishi aplaudiendo.

—Muchas gracias —repuso Hatsuko con la cabeza gacha.

—¿Quién es? ¿Lo conozco? —preguntó Koishi inclinándose hacia delante.

—Se llama Keita Kakuzawa. A lo mejor te suena de algo.

—¿Kakuzawa?

—Sí, es el director ejecutivo de Square Automobile —agregó Hatsuko poniéndose colorada.

—Ese hombre... —dijo Koishi abriendo mucho los ojos— es el heredero de la familia Kakuzawa, ¿no?

Hatsuko asintió.

—Lo conocí cuando trabajé en un anuncio para Square Automobile.

—Jo, Hatsuko, ¡qué nivel! —exclamó Koishi resoplando.

—Pero aún no le he contestado: no sabe nada sobre los delitos que cometió mi padre, ni cómo terminó perdiendo su empresa —dijo Hatsuko con gesto triste, y volvió a mirar al suelo.

—¿Y eso qué más da? Además, seguro que lo entiende.

—¿De verdad crees que el director de una de las empresas más importantes de Japón y, para colmo, heredero de una familia de renombre, va a querer casarse con una chica que no sólo proviene de una familia provinciana y humilde, sino que es hija de un delincuente?

—Bueno, es que dicho así...

—El caso es que, como sé que tarde o temprano se va a enterar, he decidido contárselo yo misma antes de que lo sepa por alguien más.

—A ver, a ver... centrémonos un poco —pidió Koishi—: ¿qué tiene todo esto que ver con el *yakimeshi*?

—Es que, como sabe que voy a clases de cocina cada semana, me ha pedido que le prepare algo y, después de darle muchas vueltas al asunto, he pensado que quizá el *yakimeshi* de mi madre lo ayude a asimilar mi pasado —repuso Hatsuko intentando sonreír.

—No esperaba menos de ti —opinó Koishi.

—Creo que imagina que le voy a preparar algún plato sofisticado de la mejor cocina de Francia o de Japón. Se va a llevar una buena sorpresa.

—No lo dudo. En todo caso, si eso es lo que quieres, haremos lo imposible para encontrar ese *yakimeshi* —prometió Koishi, y cerró el cuaderno con gesto serio.

—Muchas gracias, Koishi. Estoy segura de que ese *yakimeshi* ayudará a que me conozca mejor —dijo Hatsuko, y se levantó.

Koishi avanzó pesadamente por el pasillo seguida de una silenciosa Hatsuko. Cuando las dos aparecieron en el comedor, Nagare dobló el periódico que estaba leyendo y se dirigió a su hija.

—¿Te has enterado bien de todo? —preguntó.

Pero quien le respondió fue Hatsuko:

—Me ha escuchado con mucho interés.

—Por la cara que traes —dijo el cocinero dándole una palmadita en el hombro a su hija—, barrunto que tenemos un caso difícil.

Y de nuevo fue Hatsuko quien se apresuró a contestar:

—Siento no poder facilitarles más el trabajo...

—Pero éstos son los casos que más me motivan —aseguró Nagare—, así que no te preocupes: ya verás como solucionamos este asunto.

—¿Podrás volver dentro de dos semanas? —preguntó Koishi saliendo por fin de su ensimismamiento.

—Sin problema. Os he puesto mi dirección de correo electrónico en el formulario, así que avisadme tan pronto como podáis, por favor.

—Confía en mi padre —pidió Koishi.

—Haré todo lo posible por encontrar esa receta —agregó Nagare sonriendo.

—Muchas gracias —dijo Hatsuko, hizo una reverencia y abrió la puerta del local.

Ya en la calle, Nagare le tendió su abrigo negro.

—Se te olvidaba esto...

—¡Siempre me pasa lo mismo! —dijo Hatsuko dándose una palmadita en la frente.

Koishi rió.

—Quién lo diría, ¡sigues tan despistada como años atrás!

Hirune se acercó corriendo y Hatsuko se acuclilló para acariciarle la cabeza.

—Hasta el próximo día, gatito.

—¿Te quedarás unos días en Kioto? —preguntó Nagare.

—No puedo: tengo que volver ahora mismo a Tokio a trabajar —repuso ella levantando la mano y parando un taxi.

—Lástima que estés tan ocupada. A ver si un día vienes con más tiempo —dijo Koishi en tono apenado.

—También me hubiera gustado visitar a mis tíos, pero... —dijo Hatsuko desde el asiento del taxi.

—Buen viaje —le deseó Nagare.

Hatsuko se despidió agitando la mano y el taxi se puso en marcha.

Nagare y Koishi se quedaron mirándolo hasta que desapareció.

—¿Por qué estás tan ensimismada? —le preguntó Nagare a su hija.

—Me pregunto si será bueno encontrar lo que nos ha pedido... No lo tengo claro —repuso ella, y le explicó brevemente la situación de Hatsuko.

—Hemos aceptado el encargo, así que ya no hay vuelta atrás —sentenció Nagare—. Ahora sólo podemos poner todo nuestro empeño en la investigación; ya sabrá ella lo que hace después.

—Tienes razón, papá. Tenemos que ponernos manos a la obra —dijo Koishi con cara de haberse quitado un peso de encima.

Le entregó el cuaderno a su padre.

—Un *yakimeshi*, ¿eh? —dijo él—. Hace tiempo que no como uno —agregó, y se puso a leer las notas de su hija siguiendo las líneas con un dedo.

Cuando pasó página, Koishi le dijo asomándose por encima de su hombro y apuntando a unas frases en particular:

—¿Has visto esto? Busca un *yakimeshi* de color rosa y probablemente de pescado, ¿no te parece rarísimo?

—Yawatahama... —dijo Nagare ladeando la cabeza—. Desde luego, por allí no falta pescado, aunque no sabía que nadie lo utilizara para preparar *yakimeshi*.

—Pues el atún y el bonito son de un rosa subido, ¿no es cierto?

—Pero cambian de color cuando los cueces.

—¿Y no le pondrían jengibre en vinagre?

—En ese caso habría sabido a jengibre, no a pescado. En fin, creo que iré a Yawatahama —declaró Nagare cerrando el cuaderno.

—Pues sí: seguro que allí descubres algo —señaló Koishi dándole un manotazo en la espalda a su padre.

2

Hatsuko no era especialmente supersticiosa, pero aquel día había elegido un abrigo y un bolso rojos.

Aminoró el paso al llegar a la taberna Kamogawa.

—Hola, Hirune, ya me tienes otra vez aquí —dijo mientras se agachaba y le acariciaba la cabeza al gato.

Koishi abrió la puerta y exclamó alarmada:

—Hirune, ¡no le vayas a manchar el vestido! Seguro que es carísimo.

—Este gato es muy listo y sabe muy bien lo que no debe hacer, ¿a que sí? —especuló ella dirigiéndose al animalito. Se levantó y se sacudió la falda.

—Mi padre te está esperando —dijo Koishi, y le dio un empujoncito por la espalda a su amiga.

—¡Qué emoción! —exclamó Hatsuko llevándose las manos al pecho. Lanzó un suspiro y cruzó el umbral.

—¡Bienvenida! —la saludó Nagare.

—Bienhallada, muchas gracias —respondió ella con formalidad algo forzada.

—¿A que en Kioto hace frío? —comentó Koishi cuando la vio quitarse el abrigo.

—Sí, y es un frío más penetrante que el de Tokio, aunque hoy el tiempo no está tan mal, ¿no?

Nagare le sirvió té.

—Está todo preparado, así que podemos empezar cuando tú digas.

—De acuerdo, sólo deme un par de minutos para que me prepare psicológicamente —repuso ella mientras subía y bajaba los hombros para aliviar la tensión.

—¿Quieres que te traiga un poco de sake? —propuso Koishi al notar su nerviosismo.

—No, no —intervino Nagare—: el sake mejor cuando acabemos, entre otras cosas porque necesito que te pongas en situación y trates de regresar mentalmente a tu infancia.

—Vale, estoy lista —dijo ella tras respirar hondo—. ¡Vamos allá!

—Ahora soy yo quien necesita un par de minutos —dijo Nagare, y se fue a la cocina.

Hatsuko cerró los ojos.

Aun los sonidos más insignificantes de la cocina resonaban con nitidez en el comedor; al parecer, el aire frío y seco de la sala era un magnífico conductor del sonido. Se oyó sonar la alarma del microondas, luego el abrir y cerrar de la puerta del aparato y los pasos apresurados de Nagare.

—Aquí lo tienes —dijo llevando el plato de *yakimeshi* en una bandeja de aluminio—. Lo he recalentado en el microondas, como solías hacer de pequeña. El plato está caliente, así que ten cuidado de no quemarte.

Puso una cuchara sobre la mesa y luego hizo lo mismo con el plato, que estaba cubierto de un film transparente completamente opacado por el vapor.

—¿Puedo quitarlo? —preguntó Hatsuko.

—¿Tú qué dices?

Hatsuko sonrió y retiró el film liberando una bocanada de humo.

—Que lo disfrutes —dijo Nagare, le hizo un gesto con la mirada a Koishi y ambos se retiraron a la cocina.

—Me muero por probar esto —dijo Hatsuko para sí. El plato despedía un aroma delicioso. Cogió una cucharada de *yakimeshi*, se la llevó a la boca, masticó con los ojos cerrados y al final exclamó mientras asentía con la cabeza:

—¡Es éste! —Luego se puso a comer ansiosamente, como si le corriera mucha prisa y, cuando ya se había comido medio plato, añadió—: Está delicioso.

Nagare salió de la cocina y caminó hacia la mesa con una tetera de cerámica Arita-yaki en la mano.

—¿Qué te parece? ¿Es éste el sabor que recordabas?

—Mmm... sí —respondió Hatsuko sin poder parar de comer.

—Muy bien, me alegro. He hecho bastante, así que puedes repetir si quieres —le dijo él rellenándole la taza de té.

—Señor Nagare, éste... —comenzó a decir ella.

Pero el cocinero la interrumpió:

—De momento concéntrate en comer, luego hablamos con calma.

Y se marchó a la cocina.

Hatsuko siguió saboreando cada bocado como si fuera el último y, después de un rato, comenzó a rememorar episodios de su infancia. Momentos tristes, como cuando llegaba a casa llorando porque alguien la había llamado «larguirucha» o «marimacho» en el camino de vuelta; o aquella vez que, al abrir la puerta, se había llevado un susto enorme por culpa de una araña; o aquel día de lluvia en que había tenido que poner un cubo para que el agua que goteaba del tejado no inundara la casa; o cuánto aborrecía que la vistieran siempre de rojo...

Y momentos felices como aquella hermosa puesta de sol que vio durante un viaje en familia a Suwazaki, o la excursión para ver los cerezos en flor a la que llevaron unos *bento* llenos de cosas exquisitas...

El pasado largamente reprimido resurgió de pronto en su interior.

Se acabó el plato casi sin darse cuenta.

—Disculpe, señor Nagare —pidió alzando la voz—. Me encantaría repetir.

El cocinero gritó desde la cocina:

—¡Qué alegría me das!

Y unos segundos después llegó sonriente con otro plato de arroz.

—Creo que podría seguir comiendo este *yakimeshi* durante toda la eternidad —aseguró ella también sonriéndole.

Nagare se limitó a recoger el plato vacío y volvió a la cocina.

Entonces, Hatsuko recordó una vez en que no encontró el *yakimeshi* sobre la mesa, ni en la cocina, ni en la nevera, ni después de subirse a una banqueta y rebuscar en los estantes más altos, ni en ningún sitio, y tuvo que engañar al hambre bebiendo agua.

Nagare le llevó otra ración de *yakimeshi*.

—Te he puesto la mitad que antes, pero si quieres más me lo dices.

—Muchas gracias, creo que con esto tendré suficiente —dijo ella volviendo a hundir la cuchara en el arroz.

—¡Pero qué buen apetito tienes! Da gusto verte comer: es como si de golpe hubieras vuelto a ser una niña.

—Hace años que no como tanto; yo misma estoy sorprendida, ¡pero es que no puedo parar!

—Sólo los niños son capaces de hartarse de lo que les gusta sin complicarse la vida con remilgos. Cuando uno se hace mayor todo son preocupaciones: que si la salud, que si el peso... pero ya te lo he dicho: ¡has vuelto a ser la niña que fuiste una vez! —insistió el cocinero entrecerrando los ojos aún más que de costumbre.

Cuando ya le quedaba muy poco arroz en el plato, Hatsuko se animó a preguntar:

—Creo que ya va siendo hora de que me cuente cómo ha encontrado este *yakimeshi*, ¿no?

—¿Tomamos una? —sugirió Nagare imitando el gesto de tomarse una copa asiéndola con el índice y el pulgar.

Ella sonrió y, casi de inmediato, Koishi salió de la cocina llevando una bandeja lacada con tres copitas de sake y un jarrito grande de cerámica Shigaraki.

—Ya sabía que esto iba suceder, así que lo tenía todo preparado —declaró.

—Ya podrías ser así de diligente para otras cosas —comentó Nagare sentándose frente a Hatsuko.

Koishi levantó una copa y Hatsuko y Nagare hicieron lo mismo.

—¡Por este *yakimeshi*! Me alegro mucho por ti, Hatsuko.

Nagare se bebió el sake y empezó a contar:

—He estado en Yawatahama.

—Le agradezco mucho que se haya tomado esa molestia —dijo Hatsuko agachando la cabeza.

—Aunque por desgracia no pude encontrar a nadie que conociera al señor Shirasaki, averigüé dónde trabajaba tu madre: era una empresa llamada Alimentos Aihachi, ya extinta, que fue la primera en Japón que comercializó salchichas de pescado. Eso me puso enseguida sobre la pista del color rosa del *yakimeshi*.

Sacó una salchicha de pescado de una bolsa de plástico y se la mostró.

—Ahora que la veo, me suena haber visto estas salchichas en la nevera de casa... —afirmó ella tratando de hacer memoria.

—En la tienda donde las compré me dijeron que éstas eran las salchichas más parecidas a las de Alimentos Aihachi. Pero el color rosa no se debía sólo a las salchichas...

Puso una bolsita al lado de la salchicha.

—¡¿Qué es?! —exclamaron Hatsuko y Koishi al unísono.

—Son «flores rosadas» de kamaboko, un producto típico de Yawatahama. Por su forma, recuerdan a las virutas de atún seco, pero están hechas de surimi y pescado blanco y, como están deshidratadas, se conservan durante mucho tiempo. Son uno de esos productos estrella de la época en que aún no existían las neveras. Por lo general, se esparcen sobre el *chirashi-zushi*, pero tu madre las utilizó como ingrediente del *yakimeshi*. Y, por cierto, ¡son excelentes para acompañar el sake! —dijo abriendo la bolsita y mostrándoles un puñado.

—Así que esto llevaba aquel *yakimeshi*... —comentó Hatsuko sacando otro puñado de la bolsa.

—Los dos productos son derivados del pescado, de ahí el sabor del *yakimeshi*. Y no me digáis que el color rosa no es bonito.

Koishi también se puso unas virutas en la palma de la mano.

—Quizá tu madre quiso que el arroz tuviera ese color rosa simplemente porque tú eras una chica, y en aquella época ese color se reservaba a las mujeres. Las cosas eran distintas entonces: seguro que en un pueblo tan pequeño como Yawatahama te molestaban por ser tan alta.

Al oír esas palabras, Hatsuko puso cara de estar evocando distintas escenas de su pasado. Koishi, por su parte, parecía conmovida.

—Qué fantásticas son las madres —opinó.

—En cuanto a los condimentos, creo que utilizaba té de algas *kombu* aderezado con encurtido de ciruela *umeboshi*. Dijiste que lo recordabas un poco ácido y que te dejaba la boca fresca: eso lo explicaría. Además, su color también tira a rosado —explicó Nagare mientras le mostraba a Hatsuko una lata de té de algas *kombu*.

Ella asintió con convicción.

—No creo que importe demasiado la variedad de arroz con el que se haga —continuó Nagare—. Te he puesto los ingredientes para una ración y te he escrito la receta con bastante detalle —añadió entregándole una bolsa de papel—. Prepáraselo con mucho amor a tu prometido. Ojalá lo disfrute tanto como tú.

—Muchas gracias —repuso Hatsuko. Cogió la bolsa y se levantó.

—Si no tienes prisa, te puedes quedar a cenar —propuso Koishi levantándose también.

—Me encantaría, de verdad, pero tengo trabajo, y además quisiera visitar la tumba de mi tío —indicó ella cogiendo su abrigo.

—Vuelve cuando quieras, que te prepararé algo rico —ofreció Nagare.

—Le tomo la palabra: voy a volver, y pronto. —Sacó del bolso una cartera roja de charol—. El otro día me fui sin pagar, así que, además de la investigación, me tenéis que cobrar la comida del otro día. ¿Cuánto es?

—Nuestra política es que el precio lo decide el cliente —dijo Koishi entregándole un papel—. Por favor, ingresa en esa cuenta la cantidad que consideres adecuada.

—De acuerdo, lo haré muy agradecida.

Dobló la nota, la guardó en la cartera y salió a la calle.

Hirune lanzó un maullido y acudió corriendo. Ella lo cogió en brazos y le acarició la cabeza.

—Gracias a ti también, Hirune. Nos vemos otro día.

—Le vas a manchar el abrigo —dijo Nagare presionando con el dedo la barriga del gato.

—Muchas gracias por todo —dijo Hatsuko, puso a Hirune en el suelo e hizo una profunda reverencia.

Koishi se puso de puntillas y oteó la calle Shomen-dori buscando un taxi.

—Tendría que haberlo llamado antes.

—Alguno encontraré en la calle Karasuma-dori, ¿no? —preguntó Hatsuko mirando hacia el oeste.

—Cuídate mucho —dijo Nagare.

Ella respondió a esas palabras inclinando levemente la cabeza y se fue dando largas zancadas.

Con los ojos entrecerrados, Nagare observó cómo se alejaba.

—Por algo es modelo, ¡hay que ver con qué estilo camina!

—¡Hatsuko! —gritó Koishi; la otra se detuvo y se volvió—. ¡Sed muy felices! —añadió ahuecando las manos alrededor de la boca.

—¡Gracias! —respondió Hatsuko, y reanudó la marcha agitando la mano en alto.

Nagare y Koishi se quedaron mirándola hasta que desapareció de su vista. Entonces, regresaron al local.

—¿Qué crees que pasará? —preguntó Koishi nada más entrar.

—¿A qué te refieres? —quiso saber Nagare recogiendo el plato de la mesa a la que se había sentado Hatsuko.

—Pues a qué va a ser: a la boda de Hatsuko con el señor Kakuzawa —explicó la hija con una bayeta en la mano.

—Yo qué sé. Pasará lo que tenga que pasar y punto —sentenció Nagare; levantó el jarrito de sake vacío y lo agitó.

Koishi se cruzó de brazos.

—Creo que a ella le quedará mejor un vestido blanco de novia que un kimono.

—Ya lo creo, pero tú, que eres bajita, te verás preciosa con un kimono y el peinado tradicional *bunkin-takashimada* —opinó Nagare. Se sentó en un taburete de la barra y abrió el periódico.

Koishi se sentó a su lado.

—Eso sí: lo primero será tener pareja...

—Por cierto, se me ocurre que podríamos ir a cenar sushi al restaurante de Hiro.

A Koishi le brillaron los ojos.

—¿Lo dices en serio?

—Ya va siendo hora de que pienses en tener pareja, hija mía: me temo que tu madre se está empezando a poner nerviosa con ese asunto.

Dejó el periódico, entró en la sala de estar y se dirigió al altar.

—¿Tú crees? —le preguntó Koishi yendo tras él—. ¿No le preocupará más que tú te quedes solo?

Él encendió un barra de incienso.

—Kikuko, por favor, cuida de nuestra hija... y también de Hatsuko —pidió.

V

Fideos chinos

中華そば

1

«No conviene visitar Kioto en verano», solía decirle Katsuji Onodera a la gente, pero allí estaba, de pie en el andén de la estación de aquella ciudad en plena canícula. Se le ocurrió que, dadas las circunstancias, sólo le quedaba reírse de sí mismo.

Había vivido en Kioto durante los cuatro años de su carrera universitaria, aunque de eso hacía ya treinta años. Recordó que había acabado harto del frío polar de los inviernos, pero mucho más de esos calores estivales húmedos y pegajosos. Observó la ciudad: era idéntica a como la recordaba... y completamente distinta. Sin duda, Kioto era un sitio de lo más extraño.

Cogió un taxi en la salida de Hachijo-guchi y se acomodó en el asiento trasero mientras recorrían la suave curva que describe el paso elevado. Unos instantes después, vio a mano izquierda una gran cola de gente que esperaba para comer en un famoso restaurante de ramen que, debido a su éxito, había terminado dando origen a una enorme cadena distribuida por todo Japón que incluso comercializaba su producto estrella en formato instantáneo para consumo en los hogares. Se volvió varias veces para mirar a través de la ventanilla trasera, rememorando el sabor de los fideos que solía comer en aquel lugar cuando era joven y vivía en Kioto.

El vehículo avanzó hacia el norte por la calle Karasuma-dori y dobló a la derecha dejando el templo Higashi Hongan-ji a mano izquierda.

El taxista redujo la velocidad y miró a ambos lados de la calle.

—¿Será por aquí?

—Sí, sí; pare, por favor. Ya lo busco a pie.

Bajó del taxi cargando con su gran bolso Boston negro.

—Si la calle Shomen-dori es ésta y el Higashi Hongan-ji queda detrás... ¿será éste? —se preguntó comparando el mapa y el edificio de dos plantas y enlucido con mortero que tenía delante.

Aunque no tenía rótulo en la fachada ni cortina *noren* sobre la puerta, todo lo que sabía de la taberna Kamogawa encajaba con aquel edificio que parecía cualquier cosa menos un establecimiento comercial en activo.

Abrió la puerta con determinación, pero cruzó indeciso el umbral. Una vez dentro, se dirigió a una joven que parecía trabajar allí:

—Hola, ¿es la taberna Kamogawa?

—Sí —repuso ella—, ¿viene a comer?

—Pues sí... también, pero en principio vengo a que me ayuden a encontrar un plato —dijo él sacando su tarjeta de visita.

—Siéntese, por favor. La comida es cosa de mi padre, pero si viene a la agencia de detectives aquí me tiene: soy Koishi Kamogawa.

¡El detective era una joven! La verdad, no se lo esperaba, y por un momento no supo cómo reaccionar. Entonces, un hombre mayor vestido con chaqueta blanca de cocinero salió de la cocina.

—Buenas tardes —dijo—. ¿Viene a comer?

—Viene a la agencia —repuso ella—, pero dice que también le gustaría comer algo.

El cocinero se acercó y él aprovechó para entregarle su tarjeta.

—Mucho gusto, señor Onodera —dijo después de leerla—. Yo soy Nagare Kamogawa. ¿Le gustaría probar el *omakase*? Ya sabe: yo mismo selecciono lo mejor que tengo en la cocina. Es lo que ofrecemos a los clientes que nos visitan por primera vez.

—Me parece perfecto —respondió él sonriendo.

El tal Nagare era un tipo de expresión afable y apacible, pero sus palabras y gestos transmitían un gran aplomo y seguridad en sí mismo. Onodera dedujo que, aunque de cara a la galería esa joven se presentara como la detective, quien realmente se encargaba de la investigación era aquel hombre mayor.

—Deme unos minutos y se lo preparo —pidió Nagare, y se encaminó hacia la cocina.

Él tomó asiento y se fijó con más detalle en el comedor. Estaba prácticamente vacío: aparte de él, sólo había una comensal, en la mesa del fondo. Se trataba de una anciana vestida con kimono que estaba tomando té. Él pensó que la apariencia del local no permitía anticipar el tipo de personas que había dentro y se quedó mirando a la anciana.

—¿De dónde viene usted? —le preguntó ésta de pronto, devolviéndole la mirada.

—De Tokio.

—¿Y acaso no hay viejas como yo en Tokio? —dijo con retintín.

—A las que les quede tan bien el kimono, bien pocas. Discúlpeme: se me han ido los ojos sin querer —explicó él haciendo una reverencia.

Koishi le llevó una taza de té *hojicha* a Tae Kurusu.

—Mujeres como usted son raras incluso aquí, señora Tae: su porte, su gesto impasible incluso en días tan calurosos como éste, su forma de comer vestida con kimono... A mí, usted me tiene cautivada.

—Eres muy buena piropeando a la gente, Koishi —repuso la señora Tae mirando a la chica con el rabillo del ojo mientras se ponía la taza de té de cerámica Karatsu-yaki en la palma de la mano.

Onodera se secó una gota de sudor que le caía por el cuello y le dijo a Koishi:

—Disculpe, ¿sería tan amable de ponerme una cerveza, por favor?

—Sólo tenemos botellas de medio litro, ¿le parece bien?

—Sí, sin problema.

Ella destapó la botella y se la puso delante junto con un vaso.

Él se sirvió, se bebió el vaso entero de un trago y miró a la señora Tae con una sonrisa.

—Viví en Kioto mientras estudiaba. Siempre me ha parecido la ciudad perfecta para ir con kimono.

—¿En qué universidad estudió?

—En la Rakushikan.

—Imagino que disfrutó mucho de su vida universitaria —comentó fríamente la señora Tae.

—Ya lo creo —repuso él mientras se ponía más cerveza. La espuma desbordó el vaso.

—Creo que me estoy perdiendo algo —intervino Koishi, y volvió a servirle a la anciana con una tetera de cerámica Mashiko-yaki.

—Quizá hoy en día ya no sea así, pero hace treinta años asistir a la Rakushikan significaba ir buscando diversión. Quienes venían a Kioto a estudiar en serio ele-

gían la Kyonan. En pocas palabras, ¡Rakushikan era si-
nónimo de juerga!

Onodera rió para sí mismo y volvió a vaciar el vaso
de un trago.

—Bueno —dijo Nagare saliendo de la cocina con
una bandeja negra lacada—, si Kioto ha sido siempre una
fábrica de personajes ilustres se debe también a univer-
sidades como la Rakushikan.

—¡Tampoco es para tanto, señor Nagare! —comentó Onodera con una risita, y se sirvió más cerveza.

—Hablo en serio: muchos actores, cómicos, artis-
tas y hasta personalidades del mundo económico fueron
alumnos de la Universidad Rakushikan.

—Y muchos amigos míos —apuntó Koishi.

—Y la mayoría eran unos juerguistas en su época de
estudiantes —sentenció la señora Tae.

—Es mi caso... —reconoció Onodera rascándose la
cabeza.

—Espero que le guste —dijo Nagare poniendo un
gran plato de cristal en la mesa.

—¡Madre mía! —exclamó él, y se inclinó hacia delante para mirar las viandas.

—En verano, la gente de Kioto aprovecha para
comer dos pescados de temporada: el congrio *hamo* y
el pez *ayu* —explicó Nagare—, así que se los he traído
preparados de muchas maneras diferentes. En la parte
de arriba a la izquierda —dijo señalando esa parte del
plato— le he puesto dos sushi de congrio, uno con
salsa *teriyaki* y el otro al natural. A un lado tiene un
acompañamiento hecho con la piel marinada en vinagre y aliñada con quingombó. ¿Ve los dos pescaditos a
la sal sobre las hojas de bambú? Son dos *ayu* del río
Katsuragawa, y en esta pequeña copa de cristal tiene
uruka de *ayu*, que se hace picando la carne y las vísceras

del pescado y dejándolas madurar en sal durante una semana. En el centro del plato hay alevines de *ayu* fritos; puede ponerles sal y pimienta *sansho*. Y abajo, volvemos al congrio: sobre esa hoja de *shisho*, la albahaca japonesa, le puesto un *otoshi* de congrio, que se prepara blanqueando apenas el pescado en agua hirviendo y aliñándolo con encurtido de ciruela *umeboshi* y jengibre *myoga*; y enseguida, un *hasami-yaki*, o sea, una especie de emparedado de congrio que, en vez de pan, lleva dos rodajas de berenjena de Yamashina con un poco de miso blanco. ¡Buen provecho! —concluyó, e hizo una reverencia.

Koishi se acercó y cogió la botella de cerveza vacía.

—¿Le traigo otra? También tenemos sake, si lo prefiere.

—Sí, creo que ahora tomaré sake —repuso él mientras contemplaba con ojos golosos las delicias que tenía delante—; sería imperdonable tomar cerveza con esta comida.

—Acabamos de recibir un sake de una bodega de Fukushima que maridará a la perfección con esta comida; se lo voy a traer —anunció Nagare, y se marchó apresuradamente a la cocina.

—Yo me despido, buen provecho —dijo la señora Tae inclinando la cabeza.

Él hizo lo propio levantándose un poco de la silla y luego la vio abandonar la taberna.

Empezó por el *uruka* de pez *ayu*: cogió una pizca con la punta de los palillos, se la llevó a la boca y cerró los ojos con un gesto de placer.

—Aquí le traigo el sake. Es un *junmai-ginjo*, así que está hecho de puro arroz fermentado, sin alcohol añadido. Éste es de la marca Ninki, y sólo se vende en verano. Está bien frío: a unos diez grados. Coma y beba con calma y avíseme cuando quiera que le traiga una sopa que tengo preparada.

Se puso la bandeja bajo el brazo y se marchó a la cocina.

Onodera dio un sorbo de sake helado, volvió a cerrar los ojos y lanzó un suspiro.

—Está buenísimo —murmuró.

El *hasami-yaki* de congrio, con su leve dulzor, también estaba exquisito, y no había duda de que el pescado era fresquísimo. Durante su etapa estudiantil, el congrio *hamo* era una exquisitez fuera de su alcance, y los que probó siendo ya empresario no tenían nada que ver con el que tenía delante. Recordó que el chef de un restaurante de lujo le había dicho que ir a Kioto en verano y no comer congrio era un error imperdonable, pero entonces le pareció una simple exageración. Sin embargo, se equivocaba, porque el congrio *hamo* era una exquisitez, y ni que decir tiene el *ayu*. Probó el que estaba asado a la sal y le pareció delicioso, y los *ayu* fritos, del tamaño de un dedo meñique, levemente amargos y que olían a corrientes de agua clara y pimienta *sansho*, eran una exquisitez.

Como dueño de una empresa mediana, ganaba bastante dinero y comía en buenos restaurantes de Tokio, pero el nivel gastronómico de esta sencilla taberna estaba varios puntos por encima, y eso que no era un restaurante de renombre, sino un simple comedor de barrio anexo a una agencia de detectives, o viceversa.

—¿Todo bien? —preguntó Nagare acercándose a la mesa.

—Comer en Kioto está resultando una experiencia única: estos sabores no se encuentran en la capital.

—¿Y no quiere más sake?

—Me encantaría, pero después deseo hablarles del plato que estoy buscando...

—En ese caso voy a traerle la sopa y, si quiere, también un poco de arroz. También lleva *ayu*.

—Sí, por favor.

Tan pronto como Nagare desapareció tras la cortina *noren* de la cocina, él inspeccionó lo que le quedaba en el plato y tomó otro trago de sake. El líquido se deslizó suavemente por su garganta, pero todo el placer se disipó cuando recordó por qué estaba allí.

—Aquí tiene la sopa —dijo Nagare de pronto a su lado—. No es nada del otro mundo, pero en esta época del año no se puede perder la sopa *botan-hamo*. Mire: vertimos agua hirviendo sobre el congrio ya sin espinas y la carne se enrolla y termina pareciéndose a una peonía. En cuanto al arroz, ya le he dicho que lleva *ayu*. También le he quitado las espinas, así que puede comérselo sin preocuparse; eso sí, yo le pondría un poco de perejil *mitsuba* picado o de estos encurtidos de berenjena y jengibre *myoga*: son muy delicados. Si me da un momento, le traigo té verde *bancha*.

Cuando Nagare se fue, Onodera levantó el cuenco de la sopa. Despedía un suave aroma a algas *kombu*. Se llevó a la boca un trozo de congrio y éste prácticamente se le deshizo en la lengua. El sabor llegaba al alma. Intentando controlar la oleada de emociones que lo invadía, dejó el cuenco en la mesa, cogió la escudilla de cerámica Imari rebosante de arroz y probó un bocado. El punto amargo del pescado y la nota dulce del arroz creaban una armonía perfecta: le pareció un arroz exquisito.

Nagare, que había vuelto, inclinó sobre la taza la tetera de cerámica Shigaraki.

—Tomar té caliente en verano también tiene su gracia —dijo.

—He disfrutado muchísimo: tengo la impresión de haber descubierto por fin la auténtica cocina tradicional de Kioto. No quiero ser descortés, pero la verdad es que no me lo esperaba... —declaró Onodera dejando los palillos y juntando las manos.

—Le agradezco sus elogios, señor Onodera, pero no se crea que ésta es la auténtica cocina tradicional de Kioto, ¡ya quisiera yo! Soy un improvisador —repuso Nagare mientras retiraba la vajilla vacía. Luego limpió la mesa con una bayeta.

—Cuando era estudiante, mi mentor me invitó varias veces a cenar en algunos de los mejores restaurantes de la ciudad, pero ¿me creería si le digo que nada de lo que comí allí me dejó una impresión duradera? De hecho, no recuerdo ningún plato...

—La sensibilidad cambia con la edad: los sabores no se perciben igual cuando se es joven que cuando los años nos caen encima. Además, el disfrute de la comida no depende sólo del sabor.

Onodera se limitó a asentir con la cabeza.

—Mi hija lo espera en la oficina, ¿lo acompaño?

—Sí, por favor.

Se terminó la taza de té y se levantó de la silla.

Mientras Nagare lo guiaba por el estrecho pasillo que conducía al fondo del local, él miraba atentamente las fotografías que llenaban las paredes del pasillo.

—La mayoría son cosas que preparé yo mismo —le explicó el cocinero volviendo la cabeza.

Había especialidades francesas, *hotpot* y platos generosos que habrían servido tanto para la celebración del Año Nuevo como para cualquier otra fiesta. Siguió curioseando las imágenes hasta que alcanzaron el fondo del corredor.

—Ya hemos llegado a la oficina —anunció Nagare, y abrió la puerta. Dentro estaba su hija sentada en un sofá.

· · ·

—Antes de comenzar, le tengo que pedir que cumplimente este breve formulario —pidió Koishi tendiéndole una carpeta.

Él cumplimentó el folio como quien hace el *check-in* en el mostrador de un hotel y se lo devolvió.

—«Señor Katsushi Onodera, residente en Meguro-ku, Tokio...»

—Se lee Katsuji, no Katsushi.

—Ay, perdón, señor Katsuji —se disculpó ella. Siguió leyendo—: «Presidente de Theatre Print S. A.» ¿Es una imprenta?

—Sí. La monté poco después de mudarme a Tokio al terminar la carrera. No es gran cosa, pero funciona razonablemente bien.

—¿Y qué imprimen? ¿Tarjetas de visita, postales y esas cosas?

—Sí, pero nuestra especialidad son las carátulas de los cedés. Si me permite la jactancia, le diré que nuestra cuota de mercado en ese sector a nivel nacional supera el cincuenta por ciento; aunque, por desgracia, cada vez hay menos demanda de discos compactos —explicó haciendo una mueca difícil de interpretar.

—A mi padre le encanta la música japonesa *enka*.

—Pues en el mercado del *enka* debemos de estar por encima del ochenta por ciento de cuota de mercado.

—Cuénteselo a mi padre. Le va a encantar, ya lo verá. Pero dejemos eso a un lado y vayamos al grano —propuso Koishi adelantando las rodillas—. ¿Qué plato está buscando?

—Me da un poco de vergüenza decirlo, pero estoy buscando un ramen que comí en un puesto callejero. Bueno, quizá debería haber dicho «fideos chinos», que es como los llamaba el dueño del chiringuito. En fin, que estoy buscando unos fideos chinos de un puesto callejero.

—¿Y dónde estaba ese puesto? —preguntó Koishi abriendo el cuaderno que tenía en las manos.

—Pues mire, poco después de ingresar en la Raku-shikan me inscribí en el club de artes escénicas de la propia universidad y formé un grupo de teatro con dos compañeros de curso: Kunisue y Yasaka. Nos llamába-mos los Radish Boys y nos dedicábamos en cuerpo y alma al teatro, tanto que no asistíamos ni a la mitad de las clases. En todo caso, fuésemos o no a clase, quedába-mos todas las tardes debajo del puente Kitaoji-bashi para ensayar, y el puesto en cuestión estaba ahí al lado, en la ribera del río.

—Un puesto callejero de comida en la ribera del río y al lado del puente de Kitaoji-bashi —anotó Koishi—. Muy bien. ¿Recuerda su nombre?

—Creo que no tenía.

—¿De cuándo estamos hablando?

Koishi sacó una calculadora.

—De alrededor de mil novecientos setenta y cinco, pero, si no recuerdo mal, el puesto seguía funcionando cuando me gradué en mil novecientos setenta y nueve.

Koishi volvió a anotar lo que acababa de decirle Onodera.

—¿En qué lado del puente estaba?

—Estaba en el lado contrario del monte Hiei-zan, así que...

Onodera imaginó un mapa y se quedó pensativo.

—En el lado oeste, entonces —afirmó Koishi con seguridad.

—Recuerdo que, más o menos en el tercer año de carrera, desapareció el tren que pasaba por el puente

Kitaoji-bashi. Supongo que era el fin de una época y el comienzo de otra —dijo Onodera con cara de nostalgia.

—¿Y cómo eran esos fideos?

—Yo diría que... eran unos fideos con un sabor muy de puesto callejero. No tan contundentes como los ramen de ahora, pero tampoco ligeros. Saciaban el hambre y los notabas en el estómago.

—Los ramen callejeros suelen ser bastante grasos, ¿no? —preguntó Koishi reacomodándose el bolígrafo entre los dedos.

—Quizá eso fuera lo más llamativo de aquéllos: la sopa era bastante espesa y consistente, pero, a diferencia de los ramen de moda hoy en día, con un sabor casi agresivo y rebosantes de grasa de la espalda del cerdo, aquéllos eran de un gusto... ¿cómo decirlo? Más amable.

—Se me está haciendo la boca agua. En mi época de estudiante ya no había puestos callejeros.

—Pues, cuando yo estudiaba, en Kioto había puestos callejeros de ramen por todos lados. Recuerdo al menos cuatro en la calle comercial Masugata de Demachi.

—¿Y por qué quiere volver a comer esos fideos a estas alturas? —preguntó Koishi pasando la página.

—Mire, el caso es que mi hijo, que iba a sucederme en la dirección del negocio, me dijo hace poco que quiere ser actor. ¿Se lo puede creer? ¡En qué cabeza cabe! ¡Ganarse la vida como actor es dificilísimo, casi imposible! —repuso él con el rostro ensombrecido.

—Pero es bueno tener ilusiones, ¿no cree? Además, parece claro que aquí ahí hay algo genético —apuntó Koishi.

—Los sueños son eso: sueños. La vida no es tan fácil.

—Pero ¿qué tiene que ver este asunto de su hijo con aquellos ramen?

—Pues que, en la época en que solía comerlos, yo tenía el mismo sueño.

Se quedó un momento con la mirada fija en la mesa y añadió:

—Mire, mi empresa no es ninguna maravilla, así que a ratos pienso que debería dejar que mi hijo siga su camino, pero en otros momentos creo que sería una negligencia como padre no disuadirlo de dar un paso que muy probablemente lo llevará a fracasar. —Levantó la cara y dejó flotar la mirada en el vacío—. La verdad es que yo mismo dudé muchísimo antes de renunciar a ser actor.

—Perseguir los sueños o enfrentarse a la realidad: he ahí la cuestión —declaró Koishi.

—Para cualquiera, pensar sólo en trabajar para pagar las facturas resulta tremendamente frustrante —afirmó Onodera, evidentemente tocado por lo que acababa de decir la chica—, pero ésa no es razón para pasarse la vida persiguiendo un sueño: si mi hijo quiere formar una familia algún día, tiene que hacerse responsable y poner los pies en la tierra.

—Pero su hijo ha elegido perseguir su sueño —comentó Koishi.

—¡Y los sueños no se cumplen casi nunca! —repuso él irritado.

—«Casi nunca» no es lo mismo que «nunca» —matizó ella.

Onodera la miró a los ojos.

—Cada vez que le digo que no, mi corazón le grita que sí, y en ésas he acabado acordándome de los fideos chinos de aquel puesto callejero.

—Entonces, ¿quiere hablar con su hijo después de volver a probar esos fideos?

—Lo que me importa de verdad es aclarar mis sentimientos, no tanto hablar de nuevo con él.

—Entendido. En cualquier caso, lo primero es encontrarlos y que los vuelva a probar. La única pista que tenemos del puesto es su ubicación... pero ya verá como mi padre resuelve el problema —declaró Koishi cerrando el cuaderno.

—Confío en ustedes —repuso él haciendo una reverencia.

Cuando los dos regresaron al comedor, Nagare dobló el periódico que leía en la barra.

—No se te habrá escapado nada, ¿no? —le preguntó a su hija.

—¡Claro que no! Lo he apuntado todo. Hay que buscar un ramen de un puesto callejero. ¡Mucha suerte, papá! —le respondió ella, y le dio un manotazo en la espalda que resonó por todo el local.

—Así que un ramen de un puesto callejero... —dijo Nagare levantándose con cara de dolor y dirigiéndose a Onodera—. Es una comida que me trae buenos recuerdos: hace años, en Kioto abundaban los puestos callejeros.

—Lamentablemente, éste también desapareció —señaló él intentando sonreír, pero consiguiendo tan sólo hacer una mueca—. Me temo que no será fácil encontrarlo...

—Haré lo que pueda —prometió Nagare mientras agachaba la cabeza.

Onodera sacó una cartera alargada del bolsillo interior de la chaqueta.

—Díganme cuánto les debo, por favor.

—No se preocupe —le dijo Koishi con una sonrisa—, ya le cobraremos la comida y la investigación el próximo día.

—De acuerdo —repuso él un poco avergonzado—, ¿cuándo quieren que vuelva?

—¿Le parece bien dentro de un par de semanas? Lo llamaré para concretar fecha y hora —le respondió Nagare volviendo a mirar su tarjeta de visita.

—De acuerdo. Quedo a la espera entonces.

Cogió su bolso y se dirigió a la puerta.

—¿Se quedará un poco más en Kioto? —le preguntó Nagare ya en la calle.

Onodera levantó la cara al cielo despejado y entrecerró los ojos cegado por los rayos del sol veraniego.

—Hace mucho que no venía a Kioto con algo de tiempo libre, así que voy a darme una vuelta por los lugares que solía frecuentar cuando vivía aquí.

—Tenga cuidado con el sol, que aquí pega fuerte —lo advirtió Koishi.

Hirune se acercó y Nagare lo miró amenazante.

—¡Oye, gato, ya sabes que no puedes entrar!

—Recuerdo que, cuando era estudiante, los veranos eran terribles —dijo Onodera, y se alejó bajo la atenta mirada de padre e hija. Cuando se perdió de vista, volvieron al local.

Nagare se sentó a la barra y comenzó a leer el cuaderno de notas.

—¿Un puesto de ramen en el lado noroeste del puente Kitaoji-bashi? No me suena nada.

—Ojo —indicó Koishi con la bayeta en la mano—, el cliente me aclaró que el dueño del puesto no los llamaba «ramen», sino «fideos chinos».

—Y el señor Onodera es dueño de una imprenta, ¿eh? Theatre Print... —murmuró el cocinero al tiempo que guardaba la tarjeta de visita entre las páginas del cuaderno—. Tendré que darme una vuelta por allí. Mañana mismo me acerco.

—Ese puente está cerca del jardín botánico, ¿verdad?, adonde fuimos en primavera a ver los cerezos, en el paseo de Nakaragi.

—Sí. En el lado oeste de este puente hay una calle comercial que lleva muchos años existiendo, así que confío en que alguien me podrá contar algo —declaró Nagare, y cerró el cuaderno.

2

El canto de las cigarras en el paseo arbolado frente al templo Higashi Hongan-ji resultaba ensordecedor. Onodera había oído muchas cigarras *abura-zemi* durante sus años de estudiante en Kioto, pero ahora eran más abundantes las *kuma-zemi*, cuyos chirridos resultaban mucho más molestos. Frunció el ceño y se secó el sudor de la nuca con un pañuelo.

Cruzó la calle Karasuma-dori hacia el este y, ya delante de la taberna, respiró hondo y abrió la puerta corredera.

—Muy buenas —lo saludó Nagare, que llevaba una toalla de mano arrollada al cuello—. Lo estábamos esperando.

Onodera se sorprendió mucho al ver un viejo banco de madera que no estaba allí en su visita anterior.

—Este banco le ha dado más guerra a mi padre que la receta de los fideos chinos —comentó Koishi sonriente.

En el respaldo del banco, de color rojo, se adivinaba el nombre de una marca de refrescos. La madera estaba levantada o pelada en distintos puntos del respaldo y el asiento.

—Recuerdo este banco, sí, sí —dijo él pasándole una mano como si lo acariciara—. Nos sentábamos a comer en uno idéntico a éste. Estaba seguro de que encontraría los fideos, pero no me esperaba en absoluto un detalle como éste.

Kosihi se acercó y le dijo al oído:

—No se crea que es sólo para usted: la señora Tae nos ha insistido tanto en que debería estar prohibido fumar en el comedor, que mi padre ha terminado cediendo: compró el banco para que sea la «zona de fumadores».

—La vida es cada día más complicada: es un mundo de locos. Por favor, siéntese —le dijo Nagare ofreciéndole asiento en el banco.

Onodera se sentó y comenzó a hablar. Nagare y Koishi lo escuchaban de pie, uno a cada lado del banco.

—Como ya conté la vez pasada, ensayábamos bajo el puente. Al principio, el dueño del puesto callejero nos reñía porque, según él, lo molestábamos. Creo que fue Kunisue quien propuso que comiésemos en el puesto para ganarnos su favor: le parecía que, si nos hacíamos sus clientes, no nos reprocharía tan agriamente que estuviésemos allí a lo nuestro. Y tenía razón: Kunisue era muy perspicaz para esas cosas...

—Y cuando comieron en el puesto se llevaron una grata sorpresa, ¿no? —preguntó Nagare.

—Bueno, al principio tampoco nos caímos de la silla, no se vaya a creer: entonces había muchos puestos de ramen muy buenos por la zona.

—Es cierto: en Kioto siempre ha habido donde comer buenos fideos.

—El caso es que el plan dio resultado. Quizá el señor entendió que era como si le pagáramos un «alquiler» por ensayar a diario en aquel lugar; sea como fuere, dejó de meterse con nosotros, pese a que sólo comíamos sus ramen dos o tres veces por semana. Lo curioso fue que, conforme pasaban los días, sus fideos chinos nos gustaban cada vez más. Quizá simplemente nos acostumbramos al sabor, pero lo cierto es que dejó de ser un deber para convertirse en algo muy parecido a un ansia —contó Onodera con una sonrisa tristona, y se quedó en silencio unos momentos.

—Tenga —le dijo Koishi ofreciéndole un vaso de plástico con agua fresca.

—¡Los vasos que usaba aquel vendedor se parecían mucho a éste! —exclamó Onodera sorprendido, y se bebió el agua de un trago.

—Voy a ir preparando los fideos —anunció Nagare y se marchó a la cocina.

—Esto me está empezando a resultar emocionante: es como si el pasado hubiera vuelto por arte de magia —dijo Onodera, y chasqueó los dedos.

—Yo le propuse a mi padre que pusiéramos música de fondo, pero le pareció excesivo —comentó Koishi sacando la lengua, y volvió a rellenar el vaso de agua.

Onodera levantó la cabeza y aspiró el aroma que brotaba de la cocina.

—Huele maravillosamente —dijo mientras posaba el vaso en el banco.

—A mí me está entrando hambre —aseguró Koishi tocándose la barriga con las dos manos.

El restaurante estaba en silencio, así que se oía el hervor del agua y los pasos atareados de Nagare, que se movía por la cocina.

Poco después, el cocinero volvió a la sala con una bandeja de aluminio.

—Perdón por la espera —se disculpó tendiéndole la bandeja a Onodera. Encima había un plato de plástico blanco sobre el cual humeaba un cuenco de idéntico material con los fideos.

—¡El plato y el cuenco parecen los mismos que usaba aquel señor! —exclamó Onodera de nuevo sorprendido. Cogió el plato con las dos manos y lo puso sobre el banco.

—Le dejo aquí la pimienta en polvo. Espero que le gusten los fideos —deseó Nagare poniendo al lado del vaso de Onodera una lata de pimienta negra. Después se marchó de nuevo a la cocina seguido de Koishi.

Onodera cogió el cuenco con la mano izquierda y les puso pimienta a los fideos. Luego puso la lata en el asiento del banco y separó los palillos desechables tirando con los dientes. A continuación cogió la cuchara china y agitó un poco el caldo; el vapor que brotó olía a ajo y jengibre. Finalmente se llevó la cucharada a la boca cuidando de no quemarse.

Aunque era básicamente un caldo de pollo, parecía tener algo de cerdo también, y quizá incluso pescado y mariscos. No era transparente, pero sí más claro que el de los ramen en boga, que solía a ser directamente turbio y espeso.

Los fideos eran más bien finos y estaban cocidos *al dente*. En el caldo flotaban dos rodajas de carne de cerdo *chashu*, dos lonchas finas de surimi de pescado *kamaboko*, brotes de soja, bambú fermentado *menma* y algo de puerro en juliana. Todo tenía un gusto que le resultaba familiar y lo llenaba de nostalgia.

Se había pasado los últimos días con una guía en la mano, recorriendo restaurantes de ramen para analizar sus sabores, así que intentó hacer lo mismo con los fideos que tenía delante, pero enseguida se dio cuenta de que era un esfuerzo condenado al fracaso y se concentró en comer sin más. Sorbió los fideos, tomó la sopa, comió la guarnición y vuelta a empezar.

Uno tras otro, comenzaron a venirle a la mente una serie de recuerdos, conversaciones olvidadas, risas de otro tiempo. La sola sensación de sostener el cuenco en la mano lo remitía a las horas que había pasado compartiendo ilusiones y sueños con sus amigos. Se le humedecieron los ojos.

—¿Es el sabor que recordaba? —dijo Nagare, que había aparecido a su lado.

—Sí, es éste —contestó él volviendo la cara sin soltar el cuenco.

—Me alegro mucho.

—Yo diría que es exactamente el sabor que recuerdo —insistió Onodera—. ¿Cómo ha conseguido reproducirlo?

—Como usted ya sabía, aquel puesto desapareció, pero pude hablar con una persona que lo conocía bien —repuso Nagare tendiéndole una fotografía en blanco y negro donde podía verse a un hombre de corta estatura que sonreía medio avergonzado delante de un puesto callejero en la ribera del río.

Onodera contempló la foto.

—¡Es aquel señor, estoy seguro!

—En el lado noroeste del puente de Kitaoji hay un restaurante muy popular que se llama Grill Hasegawa, y su dueño, el señor Hasegawa, recordaba ese puesto callejero y a su propietario, Seiji Yasumoto.

—Entonces se llamaba Yasumoto... —comentó Onodera mirando al vacío—. Nunca llegamos a preguntarle su nombre.

—El caso es que el señor Hasegawa le permitía al señor Yasumoto tomar el agua y la electricidad de su restaurante, de modo que hicieron cierta amistad. Luego, cuando el puesto desapareció, mantuvieron el contacto, y tiempo después, cuando el señor Yasumoto abrió un pequeño restaurante de ramen, llamado Yasu-san, en el barrio de Ryogae-machi, invitó varias veces al señor Hasegawa a comer allí. —Le tendió otra foto—. Por desgracia, el señor Yasumoto enfermó y terminó falleciendo hace unos diez años, y como no tenía familia su pequeño restaurante desapareció con él. —Hizo una pausa y unos momentos después continuó—: Lamentablemente, el señor Hasegawa no me pudo contar nada de los fideos chinos que preparaba el señor Yasumoto en el puesto callejero porque jamás los probó...

—Y entonces, ¿cómo ha logrado reproducir esos fideos? —preguntó Onodera intrigado, con la foto todavía en la mano.

En ese momento llegó Koishi con dos teteras en las manos.

—¿Prefiere té caliente o frío?

Nagare aprovechó para ir a por una silla de tubo, la colocó delante del banco de madera y se sentó.

—Prefiero caliente, gracias.

Koishi le sirvió y Onodera dio un sorbo.

—El señor Hasegawa —prosiguió Nagare— me contó que los restos del señor Yasumoto descansan en el templo Saiho-ji, cerca de donde estaba el Yasu-san, de modo que fui a visitar su tumba: me había quedado sin pistas que seguir y me pareció que la única solución era preguntarle a él mismo de manera directa. —Era imposible decir si hablaba en broma o en serio—. Cuando llegué, le dediqué una oración y, mientras miraba sin ninguna pretensión de encontrar nada las tablillas de madera ofrendadas en su tumba, de pronto me di cuenta de que alguien le llevaba una cada mes el mismo día que constaba en la tumba como fecha del fallecimiento. Se trataba de un tal señor Daisuke Kanehara, cuyo nombre me sonaba vagamente.

Nagare bebió un poco de té.

—Daisuke Kanehara... a mí no me suena de nada —comentó Onodera ladeando la cabeza.

—¿Conoce la cadena de restaurantes de ramen Shinsen-Kyoichi?

—Por supuesto: cuando yo era estudiante sólo tenían un local, pero han ido creciendo y ahora son una empresa importante que incluso fabrica fideos instantáneos. Los venden en los supermercados de Tokio y de vez en cuando los compro con nostalgia de los buenos tiempos.

—Pues el señor Kanehara es el gerente. Pedí una cita con él dando casi por hecho que un hombre de su posición no tendría tiempo para recibirme y que me daría con la puerta en las narices, pero no fue así: accedió enseguida. —Nagare tomó otro trago de té y dio un respiro. Onodera estaba ansioso por conocer la continuación de aquel relato y echó el cuerpo hacia delante con la taza en la mano—. Resultó que el señor Yasumoto fue quien le enseñó al señor Kanehara a preparar ramen: aprendió de él cómo elaborar el caldo y cómo cocer los fideos y condimentar el *chashu*. Luego, a instancias de su maestro, el señor Kanehara creó su propia receta de ramen partiendo de lo que había aprendido con él.

—Me deja usted con la boca abierta: nunca habría imaginado que aquel viejo del puesto callejero fuese el maestro del dueño de la cadena Shinsen-Kyoichi.

—Si le soy sincera, a mí también me sorprendió muchísimo —repuso Koishi volviendo a rellenar la taza de Onodera.

—El caso es que él sí recordaba los detalles de la receta de los fideos chinos del señor Yasumoto, y no puso reparo en dármela asegurándome que, sin cambiarle una sola coma a la receta original, podrían codearse perfectamente con los ramen de mayor éxito en la actualidad. Yo no he tenido más que seguirla punto por punto para preparar los que tiene delante —dijo Nagare bajando la vista y contemplando lo poco que quedaba en el cuenco.

—Qué cosas... —murmuró Onodera y, acto seguido, levantó el cuenco y se lo acercó a la boca para terminarse el caldo.

—Tengo la impresión de que el señor Yasumoto no sólo le transmitió una serie de conocimientos al señor Kanehara —continuó Nagare con su propia taza en la mano—, sino sobre todo su creatividad e ilusión por mejorar.

—¿Y qué sabe de sus compañeros del grupo de teatro? —preguntó Koishi dirigiéndose a Onodera.

—Sé que Kunisue empezó a trabajar en una empresa de electrodomésticos, pero no duró mucho tiempo; desde entonces, ha estado dando tumbos por distintas empresas, pero sin dejar de hacer teatro en grupos de aficionados. Hasta donde sé, actúa cuatro o cinco veces al año en una sala de las afueras de la ciudad. Siempre me manda invitaciones, pero nunca he tenido la suerte de poder ir a verlo. Yasaka, por su parte, logró convertirse en actor profesional, pero por desgracia murió hace cinco años sin llegar a triunfar.

—Es decir, que el único de los tres que abandonó sus sueños es quien ha alcanzado el éxito profesional, aunque como empresario —resumió Nagare.

Onodera jugueteó en silencio con la taza de té que sostenía en la palma de la mano.

—Yo mismo renuncié a mis sueños —confesó Nagare mirándolo a los ojos—, así que no puedo darle consejos a nadie en ese sentido, pero me consta que, cuando uno dedica mucho esfuerzo a algo y se empeña, muchas veces termina inspirando a otros.

—¿De veras lo cree? —preguntó Onodera—. Seguro que conoce el dicho: «El que de joven no trabaja, de viejo duerme en paja», pero hay otro refrán que dice justo lo contrario y que también parece razonable...

—¿A qué refrán se refiere?

—«El que de joven no se ilusiona, de viejo se desmorona.»

—Es muy bueno, me lo apunto aquí —dijo Nagare dándose golpecitos con un dedo en la sien.

Koishi, en cambio, se apresuró a anotarlo en el margen de una página del periódico.

—A mí, si no lo pongo por escrito, se me olvida.

—Olvídenlo, por favor, ¡que me lo acabo de inventar! —reveló Onodera muerto de risa.

—Por poco me lo he creído —dijo Nagare sonriente, y se fue a la cocina, de donde volvió con una bolsa de papel—. Le he puesto aquí todos los ingredientes de los fideos chinos, aunque el señor Kanehara me ha asegurado que en Tokio se puede conseguir todo lo necesario. También va la receta.

Onodera hizo una reverencia y se apresuró a sacar la cartera.

—Por favor, díganme cuánto les debo por esto, por la investigación y por la comida del otro día.

—Por favor, ingrese en esta cuenta la cantidad que considere oportuna —indicó Koishi entregándole un papel.

—De acuerdo, lo haré en cuanto regrese a casa —repuso él metiendo el papel doblado en la cartera.

Nagare fue a abrir la puerta y enseguida arrugó la cara.

—¡Qué calor hace! —exclamó.

Onodera también caminó hacia la puerta y, al cruzar el umbral, se topó con Hirune.

—Hirune, ¡no le vayas a ensuciar el pantalón al señor! —exclamó Koishi al tiempo que cogía al gatito en brazos.

—Muchas gracias por todo —dijo Onodera, hizo una profunda reverencia y enfiló hacia el oeste.

—Cuídese —repuso Koishi haciendo una reverencia sin soltar al gato.

—¡Señor Onodera! —llamó a voces Nagare.

Onodera se detuvo y miró atrás.

—Dígame.

—¿Por qué llamaban Radish Boys a su grupo de teatro?

—¿No sabe que en Japón solemos llamar «rábanos» a los malos actores? ¡Pues *radish* quiere decir eso: «rábano».

—Ja, ja, ja. Muy buena. —Nagare rió, y Onodera le correspondió con una sonrisa generosa que le cubrió la cara de arrugas. Después retomó su camino.

Cuando desapareció de la vista, Koishi bajó el gato al suelo y regresó al restaurante siguiendo a su padre.

—¿Crees que esos fideos harán cambiar de parecer al señor Onodera?

—Quién sabe. Tal vez sí, tal vez no: es cosa suya —respondió Nagare quitándose la toalla de mano que llevaba al cuello y sentándose en una silla.

Koishi se sentó a su lado.

—¿Y tú por qué decidiste seguir los pasos del abuelo? —le preguntó.

—¡Y yo qué sé! —respondió él secamente—. Hace tanto de eso que ya no me acuerdo.

—¿Te lo pidió el abuelo?

—No, eso sí que no: mi padre jamás me obligó a hacer nada. Bueno, miento; sólo una vez.

—¿Cuándo?

—La primera vez que llevé a Kikuko a casa para que mis padres la conocieran, me dijo: «Esta chica es para toda la vida. Quiérela como se merece.»

—No lo sabía —dijo Koishi mirando al altar.

—Creo que cumplí... aunque fue por poco tiempo.

Se levantó, fue a la sala de estar y se sentó frente al altar. Koishi se sentó a su lado y encendió una varilla de incienso.

—Mamá, ¿tú sabías esto que me acaba de contar papá?

Nagare rió como avergonzado y separó las manos, que había juntado.

—¡Qué va a saberlo! —exclamó.

—Pues yo también la quiero, aunque nadie me lo haya hecho prometer —murmuró Koishi.

—Me he guardado un par de raciones de esos fideos para que nos los tomemos con una cerveza bien fría y he dejado listo el relleno para unas cuantas *gyoza*. Anda, ve preparando la plancha; yo voy a darme un baño antes de cenar.

—Se me ha hecho la boca agua con sólo pensar en esos fideos —reconoció Koishi mientras abría la nevera, pero en cuanto lo hizo puso cara de decepción—. ¡Vaya, nos queda muy poca cerveza!

—Descuida. Esta mañana pedí un barril y luego Hiro prometió traérnoslo dentro de un rato.

—¿En serio? ¡Eso es fantástico! Entonces prepararé *gyozas* para tres —dijo ella remangándose la camisa.

—¿Tres? Para cuatro, chica, que te olvidas de tu madre —soltó Nagare mientras se volvía y miraba al altar.

VI

Ten-don

天丼

1

La cantante Keiko Fujikawa atravesó los tornos del inter-
cambiador de la estación de Kioto a todo correr: el viento le había arrebatado el sombrero. El invierno se resistía
a dar paso a la primavera.

Le habían dicho que en Kioto hacía un frío terrible,
y ahora entendía por qué. No le iba a la zaga a Ishimaki,
su tierra natal. El aire helado se le colaba hasta por los
guantes de cuero. Se echó aliento caliente en los dedos
y, con el sombrero negro bien calado, salió de la estación.

Acababa de cumplir cincuenta años, y llevaba un
grueso abrigo gris y una bufanda de pelo natural que
sabía pasados de moda. Con un mapa en la mano, enfiló
la calle Karasuma-dori, que se extiende en línea recta hacia el norte desde la estación. Durante el trayecto a pie,
sólo una persona la reconoció. No era culpa de las gafas
de sol; sencillamente, la gente la había olvidado.

Dejó atrás la calle Shichijo-dori, continuó hacia el
este por Shomen-dori y al final divisó el edificio que
buscaba.

Se quitó las gafas y lo miró con incredulidad.

—Tiene que ser ahí... —se dijo a sí misma.

Aunque no tenía rótulo, y a simple vista parecía cualquier cosa menos un negocio en marcha, emanaba el característico olor de los restaurantes y tascas.

Se decidió y abrió la puerta corredera.

Koishi se volvió para mirarla con cara de sorpresa; llevaba una bandeja bajo el brazo.

—Bienvenida —le dijo.

—Hola —respondió ella—, estaba buscando la agencia de detectives, ¿es aquí?

Paseó la mirada por el local mientras se quitaba los guantes.

—Sí, sí, pase, siéntese —le contestó Koishi tirando de una silla.

—Muchas gracias.

Keiko dejó su *tote bag* encima de la mesa y sacó el móvil.

Koishi se puso a amontonar rápidamente en la bandeja de aluminio los cubiertos que había en la barra. Keiko la miró de refilón, pero enseguida se concentró en el móvil y deslizó un dedo por la pantalla.

—¿También querrá comer? —le preguntó Koishi pasando la bayeta por la barra.

—¿Qué tienen? —quiso saber ella volviéndose.

En ese momento Nagare salió de la cocina con su chaqueta blanca de cocinero.

—A los clientes que nos visitan por primera vez les ofrecemos el *omakase*: yo mismo escojo lo mejor que tengo en la cocina.

—Buenas —dijo Keiko levantándose apenas y agachando un poco la cabeza.

—Bienvenida. —Nagare se la quedó mirando unos instantes y después le preguntó—: ¿Tiene hambre?

Keiko se puso las manos encima de la tripa y rió tímidamente.

—Esta mañana, antes de salir de Tokio, sólo he desayunado una tostada, y no he vuelto a probar bocado desde entonces, así que...

—¿Hay algo que no le guste?

—No, nada: como de todo —aseguró ella guardando el móvil en el bolso.

—Justo hoy ha venido un cliente que sabe mucho de gastronomía y le he preparado varias cosas que creo que pueden gustarle a usted también, sobre todo si viene de Tokio. Deme unos minutos —pidió Nagare, y se marchó a toda prisa a la cocina.

El olor de un caldo flotaba en el silencio de la sala vacía y a Keiko volvió a rugirle la tripa de hambre. Avergonzada, se llevó de nuevo una mano a la barriga y miró a su alrededor.

—¿Cómo nos ha encontrado? —le preguntó Koishi acercándose—. Nuestra dirección no está publicada en ningún sitio.

—Vi su anuncio aquí —repuso ella sacando una revista del bolso.

Koishi ladeó ligeramente la cabeza.

—Pero ahí no figuran las señas de la taberna.

—Fue la señora Daidoji quien me explicó cómo llegar —contestó ella con una sonrisa pícara.

—¿La conoce?

—Nos conocimos hace unos cinco años por trabajo.

—¿Es usted periodista? —preguntó Koishi escrutándole el rostro.

—Algo así —respondió ella sonriendo con menos entusiasmo.

—El mundo de los medios de comunicación me ha parecido siempre tan glamuroso...

—Puedo entender que la gente tenga esa imagen —dijo Keiko encogiéndose de hombros, y volvió a pasear la mirada por la sala. No había cartas a la vista, ni caja registradora, pero vio sendas puertas a ambos lados de la barra y, tapando a medias la del lado derecho, una cortina *noren* tras la cual asomaba un bello altar budista. «Qué lugar tan peculiar», pensó.

Entonces reapareció Nagare con una bandeja *oshiki* negra lacada que puso delante de ella.

—Perdone por hacerla esperar.

—Estoy muerta de hambre —dijo ella enderezando la espalda y reacomodándose en la silla.

—¿Qué le apetece tomar? ¿Un sake, por ejemplo? Ha estado haciendo frío... —propuso Koishi.

—Por supuesto, me vendrá de maravilla con este tiempo —contestó ella sonriendo nuevamente.

—Koishi —intervino Nagare—, creo que había una botella de Tanikaze en la nevera de arriba. Ponla en el jarrito de cerámica Shigaraki-yaki y témplalo un poco.

Koishi asintió.

—¿Suelen tener Tanikaze? —preguntó Keiko con los ojos como platos.

—Es que soy muy aficionado al sumo, de modo que en esta taberna no puede faltar un sake que lleva el nombre de un gran campeón *yokozuna* de la antigua provincia de Mutsu. A mí me gusta tomarlo templado: pienso que su sabor gana redondez y se vuelve aún más agradable de lo que ya es de por sí —repuso Nagare, y se marchó de nuevo a la cocina. Koishi fue a ocupar su lugar al lado de Keiko con un jarrito de sake en la mano.

—Lo he calentado un poquito al baño maría, pero si quiere se lo caliento un poco más.

Keiko palpó el recipiente y sonrió satisfecha.

—Creo que está perfecto.

Nagare reapareció y colocó un salvamanteles de esparto en la mesa.

—Hace frío, así que le he traído un plato bien caliente.

Keiko se sirvió sake en la copa de cerámica Oribe.

—Venía avisada, pero el frío que hace en Kioto me ha sorprendido de todos modos.

—Algunos dicen que aquí se siente aún más que en el noreste de Japón —comentó Nagare mientras ponía una cazuela de barro sobre el salvamanteles. Luego le dirigió una sonrisa a Keiko.

Ella dio un trago de sake y suspiró complacida.

—Es un sake excelente.

Nagare destapó la cazuela y, con la tapa en la mano, empezó a explicarle la comida que le había llevado:

—Le he preparado varios platos con productos de temporada. Arriba a la izquierda hay fritura *kara-age* de pez globo de la bahía de Mikawa y, un poquito a la derecha, cangrejo de las nieves hervido. Después, una brocheta de albóndigas de pato salvaje con puerro y un poco de tempura de besugo *guji*. Esto que lleva un glaseado de miso dulce encima son nabos de la variedad Shogoin y gluten de trigo con mijo. La bardana de Horikawa está rellena de albóndigas de congrio. Más abajo tiene almejas *hamguri* al vapor de sake, además de zanahorias *kintoki* y puerro *kujonegi* salteados, y por último, para cerrar con un broche de oro, pez mantequilla cocinado al estilo *saikyo-yaki*; es decir, marinado durante toda la noche en miso blanco y luego hecho a la parrilla. Debajo de la cazuela hay una piedra caliente, así que tenga cuidado de no quemarse.

Keiko escuchó la explicación con los palillos en la mano, mirando aquí y allá y asintiendo una y otra vez.

—No sé por dónde empezar, ¿hay algún orden correcto?

—Ninguno: coma lo que le apetezca en el orden que le apetezca —respondió Nagare, y se marchó a la cocina.

—Si quiere más sake, ya sabe —dijo Koishi antes de irse detrás de su padre.

En cuanto ambos desaparecieron tras las cortinas *noren* de la cocina, Keiko acercó la cara a la cazuela y dejó escapar un gemidito.

—Qué olor tan delicioso —murmuró.

Agradeció la comida juntando las manos y empezó por la tempura de besugo, que sazonó con sal de té *matcha*. En cuanto se la puso en la boca cerró los ojos con gesto de placer; después, sonrió.

—Está exquisita —dijo en un susurro.

Continuó con el nabo Shogoin y el pez globo. Ante cada nuevo sabor, volvía a cerrar los ojos y asentía con una sonrisa.

—¿Le está gustando? —preguntó Nagare, que había aparecido con tres platos pequeños en una bandeja.

—Todo está riquísimo, se lo digo de verdad —aseguró ella.

—Pues aquí le he traído más cositas: besugo marinado en vinagre de arroz y envuelto en finas lonchas de nabo Shogoin encurtido; escabeche de pez *moroko* y, finalmente, un guiso dulce de soja negra. Si quiere arroz, puedo ir a traérselo: hoy lo he preparado con sardina desmenuzada —detalló, y se puso la bandeja metálica bajo el brazo.

—¿Puedo pedirle otro? —preguntó ella levantando el jarrito de sake.

—Claro —repuso el cocinero; cogió el recipiente y se fue a la cocina.

Ella cogió una brocheta, se la llevó a la boca y mordió una albóndiga.

El jugo de la carne se le escapó y le cayó por la barbilla, así que se apresuró a sacar un pañuelo del bolso y se limpió la boca.

Nagare volvió con el sake.

—Este sake es bastante fuerte; temo que se esté imponiendo al gusto de la comida —dijo sirviéndole.

Keiko se lo agradeció con otra sonrisa.

—No se crea: combinan de maravilla.

—Imagino que querrá hablar con Koishi cuanto antes, así que voy ahora mismo a la cocina para traerle el arroz.

—Muchas gracias —contestó ella posando las manos en el borde de la mesa e inclinando la cabeza.

En el silencio de la sala sólo se oía el rumor del sake vertiéndose en el vaso. Keiko se sentía más relajada. Levantó la cara y cerró los ojos.

—«Una estrella sola, vuelta hacia mí, brilla en el cielo invernal» —canturreó con una voz apenas audible que, sin embargo, resonó profundamente en su pecho.

Recogió con los dedos un grano de soja que se le había caído de la punta de los palillos. Luego tomó una loncha de nabo Shogoin encurtido y la mordió haciéndola crujir. En ese momento llegó Nagare con una cazuela de arroz, la dejó en la mesa y le sirvió en un cuenco.

—En Kioto es costumbre comer sardinas en *Setsubun*, cuando acaba el invierno y empieza por fin la primavera. La gente las asa el mismo tres de febrero y usa las espinas, ensartadas en ramas de acebo, para fabricar amuletos que se cuelgan en la entrada de las casas. Se supone que ahuyentan a los ogros *oni* y a los malos espíritus en general.

Ella cogió el cuenco de arroz.

—En mi pueblo, como en muchos otros lugares de Japón, en *Setsubun* esparcimos granos de soja delante de la puerta principal de las casas, pero no recuerdo haber comido sardinas. En todo caso, me parece una costumbre que todo el mundo debería adoptar.

—Le dejo aquí la cazuela con el arroz: sírvase cuanto le apetezca. Ahora le traigo un caldito —dijo Nagare, y volvió a la cocina.

A Keiko le encantaba el pescado azul, y la fragancia de las hojas de *shiso* y las semillas de sésamo le volvieron a despertar el apetito, así que comió con avidez hasta terminarse el primer cuenco. Entonces, cogió la espátula *shamoji* y se sirvió más.

—Esto es un caldo con albóndigas de sardina —dijo Nagare regresando de la cocina. Puso un nuevo cuenco en la mesa y levantó la tapa—. Lleva mucho jengibre y cidra *yuzu* exprimidos, que son buenos remedios contra el frío.

La fragancia de la cidra *yuzu* flotó en el ambiente.

—Da la casualidad de que las sardinas son uno de mis pescados favoritos —dijo ella abriendo mucho los ojos, y se sirvió otra ración—. Este arroz me parece delicioso.

—No sabe cuánto me alegra. Si lo desea, puede terminarse todo el arroz. Verá qué rico está el requemado del fondo.

Le echó un vistazo a la olla y volvió a la cocina.

Keiko sorbió el caldo sintiendo el cosquilleo del aroma del *yuzu* en la nariz y, en cuanto se llevó la primera albóndiga de sardina a la boca, la imagen del mar en su pueblo natal apareció en su mente y la nostalgia fue invadiéndola al ritmo de las olas.

Abrió los ojos y la luz resplandeció en sus pupilas levemente humedecidas.

Titubeó un instante antes de rascar con el *shamoji* el arroz requemado y pegado en el fondo de la olla y servírselo en el cuenco. Después, se comió hasta el último grano, dejó los palillos en la mesa y juntó las dos manos.

Nagare estaba otra vez de pie a su lado, esta vez sosteniendo una tetera de cerámica Tokoname-yaki.

—¿Se ha quedado con hambre? —preguntó—. Quizá debería haberle preparado más comida.

—Estoy más que servida. De hecho, estoy llenísima —dijo frotándose la barriga—, muchas gracias. Todo estaba delicioso.

Nagare le echó un vistazo a la olla, vio que no quedaba arroz y sonrió.

—Me alegro mucho de que le haya gustado: no hay mejor halago para un cocinero que ver vacíos los platos.

—La señora Daidoji me habló maravillas de su cocina, y no se equivocaba.

—Esa mujer es una exagerada. Confunde a la gente con sus halagos desmedidos. Mi cocina no es nada del otro mundo —repuso ruborizado. Luego cambió rápidamente de tema—: ¿La acompaño a la oficina? Koishi la está esperando.

—Es verdad, casi se me olvida para qué había venido.

Se bebió el té que le quedaba en la taza y se levantó.

—No era mi intención meterle prisa, espero que me disculpe —dijo Nagare mientras la guiaba por el pasillo que conducía a la oficina de la agencia de detectives. Ella iba fijándose en las fotografías clavadas con chinchetas en las paredes.

—¿Son todos platos que ha preparado usted?

—Prácticamente todos, sí; y la mayoría son resultado de mis investigaciones: pedidos de clientes que he logrado reproducir con éxito. Soy muy terco, de modo que no paro hasta encontrar lo que me piden, y luego pongo las fotos aquí; son mis trofeos, por decirlo de algún modo —explicó él, y soltó una risita.

—Pues este sushi alargado me está abriendo el apetito otra vez —dijo Keiko, que se había detenido para ver más de cerca una imagen.

Nagare se paró y se dio la vuelta.

—Es un *bo-zushi* de sardinas que yo marino con sal y vinagre, tal como suele hacerse con el sábalo *kohada* —repuso—. ¡No cabe duda de que le encantan las sardinas!

—Mi padre era pescador y cuando era pequeña las comíamos casi todos los días. Por supuesto, entonces las odiaba, ¿no le parece increíble? —explicó ella, y esbozó una media sonrisa.

—A veces, los sabores que detestamos de pequeños se convierten en nuestros preferidos cuando nos hacemos mayores —opinó Nagare, que había reemprendido la marcha—: el sentido del gusto es algo de lo más curioso.

Cuando llegaron a la oficina, él mismo abrió la puerta.

—Adelante, por favor —dijo amablemente Koishi, que los estaba esperando.

—Muchas gracias a los dos —respondió Keiko; entró en la habitación y se sentó en el extremo del largo sofá.

—No se siente tan lejos —propuso Koishi—: póngase aquí, en el centro.

—Es que estoy nerviosa, no sé —dijo ella desplazándose apenas en el asiento.

Koishi puso un portapapeles con un folio en la mesa baja que había entre las dos.

—¿Le importaría rellenar este formulario? No es necesario que se extienda en los detalles.

Ella cogió el portapapeles, se lo puso en las rodillas y comenzó a escribir, pero de pronto se detuvo.

—Si hay algún apartado que prefiera dejar en blanco, sálteselo sin problema —le dijo Koishi.

—No es eso —explicó soltando una risita amarga—. ¡Es que no recuerdo en qué año nací! Envejecer es horrible.

Terminó de rellenar el documento y se lo devolvió a Koishi.

—Señora Keiko Fujikawa, trabaja en la industria musical. Yo pensaba que era en la televisión.

—Son mundos parecidos.

—Y vive en Shinjuku, Tokio. Cuando oigo «Shinjuku», lo primero que me viene a la mente son un montón de rascacielos. El paisaje nocturno de ese barrio tiene que ser precioso.

—Pues te confieso que me pongo triste cada vez que lo contemplo a solas... —repuso ella dejando escapar un leve suspiro.

—¿No está casada?

—Ya no sé ni lo que significa eso.

—¡Igual que yo! —exclamó Koishi dando una palmada.

—No, no, tú todavía eres joven; cuando una se hace vieja como yo...

—¿Vieja? ¡Pero qué dice! No le hubiera echado cincuenta años ni de broma.

Keiko ladeó la cabeza y sonrió cariñosamente.

—Sé que no es más que un cumplido, pero de todas formas te lo agradezco.

—Bueno, pues vamos al grano, ¿le parece? —propuso Koishi irguiéndose en el asiento—. ¿Qué plato está buscando?

—Un *ten-don*.

—¿Un *ten-don*? Se refiere a ese bol de arroz con tempura encima, ¿correcto? Se lo pregunto porque en

Kioto no se suele comer mucho: es más de la gente de Tokio, como usted.

—Yo no soy de Tokio, sino del noreste —dijo Keiko mirando a los ojos a Koishi—. Nací en Ishimaki. Tenía veinte años cuando me fui a vivir a la capital. Fue por entonces cuando probé el *ten-don* por vez primera, y ése es precisamente el que estoy buscando: me quedé enamorada de su sabor.

—Cuénteme cosas de ese *ten-don*, deme todos los detalles que recuerde —pidió Koishi abriendo el cuaderno y preparándose para empezar a escribir.

—Aquello sucedió más o menos al año de llegar a Tokio. Un día, el jefe de la oficina en la que trabajaba me invitó a comer *ten-don* en un restaurante de Asakusa para celebrar los buenos resultados que habíamos logrado en la empresa.

—¿Recuerda cómo se llamaba el restaurante?

—Creo que Tenfusa.

—Y ya no existe, ¿verdad?

—Si siguiera existiendo habría ido y ya está, ¿no cree?

Se miraron y rieron.

—¿Qué destacaría del plato?

—La salsa. La tempura estaba muy rica, pero lo que más me impresionó fue la salsa. Era un sabor, ¿cómo decirlo? Profundo, algo así: no sé cómo describirlo exactamente. Dulce y picante a la vez, muy sabroso y nada empalagoso.

—Pero todos los *ten-don* de Tokio llevan esa salsa duce y picante de color marrón oscuro que sería impensable en Kioto, ¿no?

—Pues ése era distinto. Después de aquella primera experiencia he comido *ten-don* en varios restaurantes especializados en tempura, pero siempre me he quedado con la sensación de que le faltaba algo: jamás he vuelto a encontrar aquel sabor.

Koishi se cruzó de brazos y ladeó la cabeza.

—¿No recuerda algún otro detalle más concreto? El que va a buscar el plato es mi padre, y necesitará todas las pistas posibles.

—Llevaba las típicas tempuras: langostino, congrio, pescado blanco, pimientos *shishito* y algas *nori*, pero la salsa era distinta, de un color menos oscuro de lo que se acostumbra en Tokio, que es la que debes de estarte imaginando —repuso Keiko mirando al techo como si eso la ayudara a recordar mejor.

—Una tempura normal y una salsa diferente —musitó Koishi revisando lo que había anotado.

—¡Ah! Y la sopa que lo acompañaba me pareció riquís... —empezó a decir Keiko, pero se interrumpió.

—¿Ocurre algo? —preguntó la chica levantando la cara del cuaderno y haciendo un gesto de preocupación.

—Es que el caldo que preparó tu padre me recordó la sopa que acompañaba aquel *ten-don*. Pero no, no puede ser —añadió, y al mismo tiempo negó con la cabeza como si tratara de reafirmarse—: aquella sopa no llevaba sardinas.

—¿Recuerda la ubicación exacta del restaurante? Entiendo que Asakusa es un barrio bastante grande.

—Estaba en una callejuela a la vuelta del templo Senso-ji, el más antiguo de Tokio. Si no recuerdo mal, al lado había un restaurante de sushi.

—Pero, si le gustó tanto ese *ten-don*, ¿por qué no volvió? —preguntó Koishi extrañada—. Viviendo en Shinjuku podría haber ido en cualquier momento.

—Mi jefe había dicho que volveríamos para celebrar algún otro éxito comercial y yo me confié. No quería ir sola y, además, creía que podría traer mala suerte a la empresa. Soy algo supersticiosa —explicó Keiko bajando la vista, y lanzó un suspiro.

—No se preocupe: confiemos en que mi padre sabrá encontrar aquel *ten-don* y reproducirlo.

—Muchas gracias —repuso ella levantando la cara.

—Sólo una cosa más —dijo Koishi volviendo a abrir el cuaderno—: ¿por qué quiere encontrar ese *ten-don* justo ahora?

—Porque mis padres están muy mayores y he pensado en volver a mi tierra natal para cuidar de ellos. Simplemente me gustaría volver a probar ese plato antes de irme.

—Para cerrar con un buen recuerdo un capítulo de su vida, ¿no es así? —comentó Koishi asintiendo un par de veces—. Creo que la entiendo.

—Además, si me consiguieran la receta podría prepararárselo a mis padres. Aquel día, después de probarlo, estaba tan impresionada que los llamé para contárselo y les prometí que, cuando fueran a visitarme, iríamos a comerlo juntos, pero treinta años después aún no he podido cumplir esa promesa —contó ella con una sonrisa amarga.

—De acuerdo. Se lo explicaré todo a mi padre —dijo Koishi, y cerró el cuaderno con actitud resuelta.

—Muchas gracias —repitió Keiko; se levantó e hizo una reverencia.

Nagare estaba sentado a una mesa en una silla de tubo y, cuando las vio aparecer, dobló el periódico y le preguntó a Koishi:

—¿Te has enterado bien de todo?

Pero fue Keiko la que respondió:

—Estoy segura de que sí, y en todo caso sería culpa de mi mala memoria. Siento no poder facilitarle más la búsqueda —dijo, y le hizo una reverencia a Nagare.

—Aún no sé de qué se trata, pero puede estar segura de que haré todo lo que esté en mi mano —prometió Nagare levantándose.

Keiko se puso el abrigo y se dirigió a la calle. Hirune llegó corriendo a sus pies en cuanto la vio salir.

—¡Anda, qué gato tan bonito! ¿Cómo te llamas? —le preguntó al animalito mientras le acariciaba la cabeza.

—Se llama Hirune. Mi padre no deja que el pobre entre en la taberna haga el frío que haga —explicó Koishi lanzándole una mirada de reproche a Nagare, que se la devolvió frunciendo el ceño.

—¿Cómo voy a dejar que un gato callejero se pasee por el comedor? ¡Ni hablar!

—En mi pueblo hay muchísimos gatos —recordó Keiko cogiendo en brazos a Hirune.

—Imagino que será por el buen pescado —especuló Nagare con una sonrisa.

—Exacto: los gatos saben identificar los pescados más frescos y más ricos —repuso ella.

—Es verdad: ¡ellos pasan olímpicamente del pescado malo!

—Lo olisquean y miran para otro lado, como con desprecio —explicó Keiko imitando un gato, y rió.

—¿Le parecería bien volver en un par de semanas? —los interrumpió Koishi.

Keiko asintió, aunque luego añadió mirando a Nagare:

—Por mí no hay problema, pero...

—Algo podré hacer, no se preocupe —aseguró el cocinero tras unos segundos de silencio.

—¡Casi se me olvida! —exclamó Keiko bajando a Hirune al suelo y sacando la cartera del bolso—. Por favor, díganme cuánto les debo por la comida.

—Se la cobraremos junto con el trabajo de investigación. Hoy no hace falta que nos pague nada.

Ella guardó la cartera en el bolso y miró sucesivamente a los dos.

—De acuerdo. Sólo pensar en que podré volver a probar aquel plato me hace una ilusión tremenda —dijo, y enfiló hacia el oeste por la calle Shomen-dori.

—¡Cuídese! —le gritó Koishi.

—¡Hirune! ¡Como se te ocurra meterte, te vas a enterar! —gritó a su vez Nagare dirigiéndose al gato, y volvió a entrar en la taberna.

Antes de hacer lo mismo que su padre, Koishi volvió la cabeza y miró un momento al animalito.

—Déjalo entrar, papá: hoy hace muchísimo frío.

Nagare ignoró el ruego de su hija, se sentó en una silla y le preguntó:

—¿Qué hay que buscar?

—Un *ten-don*.

—Vaya, no me lo esperaba.

—¿A que no? Nunca lo hubiera dicho por la edad y el aspecto de esa señora.

—Cierto: a Keiko Fujikawa le pega más un *kaisen-don*, un arroz con mariscos y sashimi de primera calidad.

—¡¿Cómo sabes que se llama Keiko Fujikawa?! —exclamó Koishi quitándole de las manos a su padre el cuaderno que le había tendido.

—¿No la has reconocido? ¡Es muy famosa!

—¿Famosa?

—Así que no conoces a Keiko Fujikawa... —Nagare le quitó el cuaderno y lo abrió—. Aunque es verdad que su éxito fue bastante efímero, pobre mujer.

—Keiko Fujikawa. ¡Ahora caigo! —exclamó Koishi—. Sí que he oído hablar de ella: es una cantante, ¿no? ¿Cómo era aquella canción que cantaba? —se preguntó arrugando el entrecejo y llevándose dos dedos a las sienes.

—*La estrella solitaria del norte* —respondió Nagare pasando las páginas del cuaderno.

—¿Y de qué iba?

—Es muy triste: habla de una mujer cuyo enamorado ha muerto y cree que él la sigue cuidando desde el cielo convertido en una estrella solitaria.

—Voy a buscarla en internet —dijo Koishi; se puso el delantal y entró en la cocina.

Nagare se acodó en la mesa y empezó a hojear el cuaderno mientras tarareaba:

—«Porque sé que siempre estás mirándome desde el cielo...»

—¡Ah, claro! —exclamó Koishi asomando la cara por entre la cortina *noren*—. ¡Es esa canción! Por supuesto que la conozco: te he oído infinidad de veces cantándola en la ducha.

—¿Qué es esto del «caldo de papá»? —preguntó Nagare tratando de disimular la vergüenza.

—No le hagas mucho caso a ese dato: es que me dijo que el caldo que le serviste hoy le había recordado al que acompañaba el *ten-don*, pero luego lo pensó bien y se dio cuenta de que no podía ser —repuso Koishi, y se volvió a meter en la cocina.

La característica calma del invierno se instaló en el comedor. Sólo se oía el discurrir del agua en el fregadero.

Nagare siguió hojeando el cuaderno, pero poco después lo cerró y dio un sorbo de té.

—Nada. Creo que tendré que ir a Tokio —dijo en voz alta.

Koishi salió de la cocina y se acercó a su padre con ojos suplicantes.

—Si es a Tokio yo también quiero ir, ¿puedo acompañarte?

—Más que ayudarme me vas a quitar tiempo. Además, no quiero que dejes sola a Kikuko.

—Nos llevamos la foto y ya está, ¿no?

—Mmm... Lo cierto es que en Asakusa hay un restaurante de sushi que le gustaba mucho a tu madre.

—¡Eso, llévame! ¡Me muero de ganas de ir!

—Pero tú pagas lo tuyo, ¿eh? —la advirtió Nagare con los pómulos colorados.

—¡Qué rácano eres a veces! Seguro que mamá se está riendo de ti.

—¡Anda ya! ¡Pero si tu madre no aflojaba el monedero ni a tiros! —aseguró Nagare riendo, y miró por la ventana.

Empezaba a nevar.

2

Keiko salió de la estación por el acceso Karasuma-gu-chi y levantó la vista para contemplar la Torre de Kioto, recortada contra el cielo anaranjado del atardecer. Le pareció que hacía bastante menos frío que la última vez, así que se bajó la cremallera del abrigo con un movimiento enérgico y cruzó el semáforo.

Caminaba con la espalda recta y dando largas zancadas, de manera que llegó al restaurante antes de lo que esperaba.

El gato se le acercó corriendo y acto seguido comenzó a restregarse en sus tobillos. Ella se agachó para acariciarle la cabeza.

—Hola, Hirune, espero que no te hayas resfriado.

—¿Qué tal, señora Keiko? —saludó Koishi abriendo la puerta corredera—. Entre, por favor, que hace mucho frío.

—El otro día hacía todavía más frío: hoy ni siquiera he echado en falta los guantes —repuso ella quitándose el abrigo y colgándolo del perchero. Luego se arregló el peinado con las manos.

En la sala flotaba el agradable olor del aceite de sésamo.

—Bienvenida —le dijo Nagare saliendo de la cocina y quitándose el gorro de cocinero—. La estábamos esperando. Freír la tempura me dio problemas, pero creo que he conseguido el punto exacto.

Koishi echó un vistazo a la calle antes de cerrar la puerta corredera y dijo encogiéndose de hombros:

—Mi padre ha estado toda la semana haciendo *tempura* y, como a Hirune le chifla todo lo frito, se ha pasado los días en la entrada de la taberna, esperando a ver si le caía algo. Y ahí sigue.

Keiko les hizo una reverencia.

—Les agradezco mucho el esfuerzo.

—Le voy a preparar el *ten-don* ahora mismo, así que vaya tomando asiento. Vuelvo enseguida —prometió Nagare y enfiló hacia la cocina.

—¿Le pongo té o prefiere...? —empezó a preguntarle Koishi.

—Un té está perfecto —la interrumpió Keiko sonriente—. No quiero que se me escape ningún destalle del sabor del *ten-don*.

—Perdone que el otro día no la reconociera, señora Fujikawa —se disculpó Koishi agachando la cabeza antes de servirle té con una tetera de cerámica Banko-yaki—. Sé que es usted una cantante famosa.

—¡Menuda tontería! No tienes que pedir disculpas por eso: la mayoría de la gente joven no me conoce.

—Me sonaba su nombre y conocía su éxito *La estrella solitaria del norte*. De hecho, mi padre la suele cantar en la ducha, ¡imagínese! El caso es que soy tan despistada que no me di cuenta de que era usted.

—No te preocupes, Koishi: me alegra que tu padre cante mis canciones en la ducha —repuso Keiko, dio un sorbo de té y sonrió con delicadeza.

La voz de Nagare resonó en la sala:

—¡Esto ya está, Koishi! ¿Lo tienes todo listo?

La chica dispuso apresuradamente los palillos delante de Keiko.

—Es importante que se coma la tempura recién hecha.

—¡Estoy impaciente! —exclamó Keiko, y se levantó un poco para acercar la silla a la mesa.

Nagare llegó con una bandeja redonda con lacado Urushi bermellón sobre la cual podía verse un cuenco de porcelana Sometsuke.

—Huele fenomenal —dijo Keiko entrecerrando los ojos.

—En un momento le traigo la sopa, pero primero pruebe el *ten-don* —le pidió Nagare, y levantó la tapa del cuenco dejando escapar una columna de vapor.

Keiko juntó las manos y cogió los palillos.

—Espero que lo disfrute —añadió Nagare antes de volver a la cocina seguido de su hija.

Keiko notó que el cuenco de porcelana era algo más pequeño que los que solían emplearse para ese plato: la curvatura del fondo encajaba a la perfección en la palma de su mano. Se enderezó en la silla y probó la tempura de langostino.

Era del tamaño de un dedo corazón, y su gusto dulce se extendió enseguida por su boca. Rápido, con el sabor de la tempura aún presente, tomó un buen bocado de arroz empapado en salsa y un pimiento *shishito*. Le bastó masticar un par de veces para que sus ojos brillaran de emoción.

—¡El olor y el sabor son idénticos! —murmuró para sí.

Dejó el cuenco en la mesa y sacó un pañuelo blanco de su bolso, pero para entonces las lágrimas ya se le habían escapado de los ojos.

Reía de felicidad y lloraba de emoción, todo al mismo tiempo. Dejó el pañuelo al lado de la bandeja y levantó de nuevo el cuenco.

Partió la tempura de congrio por la mitad con los palillos y se comió uno de los trozos; luego, mezcló el otro con un poco de arroz y se lo llevó a la boca. Cesaron las lágrimas y ya sólo quedó alegría en su rostro. Se comió entero el pescado blanco sin dejar ni siquiera la cola y rebañó hasta los últimos granos de arroz con alga *nori*.

Nagare volvió a aparecer a su lado. Esta vez, llevaba un cuenco negro lacado en una bandeja metálica.

—¿Es el sabor que buscaba?

—¡Sí! —aseguró ella volviéndose para mirarlo—. ¡Éste es el *ten-don* que comí aquella vez! ¡Exactamente el mismo!

—Me alegro mucho.

—Estaba tan bueno que no he podido esperar a la sopa —agregó ella sonriendo avergonzada.

—Lo que pasa es que le he servido muy poco —dijo Nagare—. Tómese con calma la sopa y, cuando se la termine, le traigo más *ten-don*.

—O sea que ha estado preparando una segunda ración.

—Es que la tempura pierde mucho si no está recién hecha —repuso él y, tras poner el cuenco vacío en la bandeja, se despidió con una sonrisa y se fue a la cocina.

Cuando destapó la sopa, brotó un olor delicioso. Se llevó el recipiente a la boca y dio un sorbo.

En claro contraste con el *ten-don*, la sopa era muy suave. Le dio un mordisco a la albóndiga de pescado y le pareció saborear el mar; tomó otro sorbo con perejil *mitsuba* y su aroma la transportó del mar al campo. Los sabores eran delicados y elegantes. Guardándose la mitad de la sopa para después, puso el cuenco en la mesa y lo tapó.

—Aquí le traigo la segunda ración de arroz —anunció Nagare acercándose.

—Es cierto que son raciones relativamente pequeñas, pero tomarme dos... ¡Siento como si hubiera vuelto a ser joven! —exclamó ella medio colorada.

—Si quiere, le puedo preparar una tercera.

Se miraron y rieron.

—Es igual que el de antes, ¿verdad? —preguntó ella un tanto sorprendida después de olfatear un poco el cuenco que tenía en la mano.

—Dejemos eso para después. De momento, coma tranquila. Ahora le traigo más té —dijo Nagare, y volvió a irse a la cocina.

En cuanto desapareció, ella se acercó de nuevo el cuenco a la nariz.

El aroma era muy parecido al de antes, pero habría jurado que tenía matices distintos.

Comió en el mismo orden: empezó por la tempura de langostino y luego tomó un bocado de arroz con salsa; después, partió en dos el congrio y... Esta vez, sin embargo, lo hacía con más calma, dando sorbitos de caldo y mordiscos a las albóndigas de pescado, y luego volviendo al *ten-don*. Estaba igual de rico que el anterior, pero sin duda tenía matices distintos. Continuó comiendo un tanto extrañada y pronto vació ambos cuencos.

Nagare llegó con una tetera de cerámica Saikyo-yaki y le sirvió té *hojicha*.

—No sabe cuándo me alegra que se lo haya comido todo —dijo mirando los cuencos vacíos.

Keiko juntó las manos a la altura de su cara.

—Estoy llenísima, y no sólo he disfrutado porque eran los sabores que buscaba, sino porque este *ten-don* y esta sopa estaban buenísimos.

—Muchas gracias —dijo Nagare, e hizo una reverencia.

—¿Me podría contar cómo lo encontró? —preguntó Keiko mientras usaba la taza de té para calentarse las manos.

—Esta vez, mi padre me dejó que lo acompañara —intervino Koishi, que había salido de la cocina estrechando un archivador contra el pecho—. Fuimos juntos a Tokio a investigar.

Nagare le arrebató el archivador y le dijo arrugando el entrecejo:

—No tendría que haberte dejado venir conmigo, ¡menuda lata me diste! Habría terminado mucho antes si hubiera ido solo.

—¡Pero si te perdías en el metro! Si no llego a estar yo, ahora mismo seguirías dando vueltas por el subsuelo de Tokio.

Nagare ignoró la réplica de su hija y se dirigió a Keiko:

—Pude confirmar que el restaurante en cuestión se llamaba Tenfusa. Cerró hace doce años. —Abrió el archivador y le mostró una fotografía—. Era éste, ¿no es cierto?

—Sí, efectivamente era ése —repuso Keiko inclinándose para ver la imagen más de cerca.

—Fue el representante de los comercios del barrio quien me dio la foto, y él mismo me contó que el dueño de Tenfusa era de Kazusa-Ichinomiya, en la prefectura de Chiba, y que su hermano menor llevaba el restaurante de sushi que estaba al lado —contó Nagare mientras rebuscaba en el archivador.

—Mi jefe era también de Chiba; en concreto, de Tateyama. Quizá se conocían de algo.

—El dueño del Tenfusa falleció hace doce años a causa de una enfermedad y su hermano decidió cerrar su propio restaurante y abrir otro del mismo nombre, Fusa-zushi, en su pueblo natal. El representante de los comerciantes me hizo el favor de darme todos sus datos, así que me fui a Chiba a conocerlo.

Nagare se sentó frente a ella y extendió un mapa sobre la mesa.

—Mi padre estuvo a punto de coger el tren que lo llevaba en dirección contraria —aseguró Koishi.

—Calla, por favor —se desesperó Nagare. Luego continuó—: El plato estrella del Fusa-zushi ha sido siempre el arroz *kazusa-meshi*.

—¿El arroz qué? —dijo Keiko.

—¿Conoce el arroz *fukagawa-meshi*? —preguntó Nagare dirigiéndose a ella, aunque sin dejar de mirar a su hija con el ceño fruncido.

—¿Ese arroz con almejas *asari*?

—Exacto. Pues el *kazusa-meshi* es un invento del dueño del Fusa-zushi: es parecido al *fukagawa-meshi*, sólo que se prepara con almejas *hamaguri* simplemente porque el dueño del restaurante nació muy cerca de la playa de Kujukuri, en Chiba, que es famosa por sus almejas *hamaguri*. El caso es que él mismo me contó que su arroz tenía un éxito tremendo y que la gente hacía cola para probarlo.

—Pero ¿eso qué tiene que ver con este *ten-don*? —volvió a preguntar Keiko un poco perdida.

—Vamos por partes —repuso Nagare—. El *kazusa-meshi* es un plato bastante sencillo: literalmente, arroz con almejas *hamaguri* cocidas con sake, *mirin* y salsa de soja. Al principio, en el Fusa-zushi empleaban el caldo sobrante para preparar una salsa para los sushi tipo *nigiri* de congrio o de almeja, pero el éxito del *kazusa-meshi* era tal que siempre les sobraba muchísimo caldo. Cuando se enteró, el hermano mayor, o sea, el dueño del Tenfusa, decidió utilizar ese caldo para preparar la salsa de su *ten-don*. El hermano pequeño me dio la receta —contó Nagare mientras sacaba del archivador una fotografía del *kazusa-meshi*.

Keiko observó con atención la imagen.

—O sea, que el sabor tan peculiar de la salsa se debe a las almejas *hamaguri*.

—Pero hay más: la sopa de Tenfusa también está hecha a base de caldo de *hamaguri*. De hecho, lleva albóndigas de *hamaguri* y pescado blanco. Por cierto, aunque fue pura coincidencia, la sopa que le ofrecí hace dos semanas también está hecha con caldo de *hamaguri* al vapor de sake, aunque en aquella ocasión hice las albóndigas con sardinas, muy populares en Ishimaki, su tierra natal. Por eso su gusto le recordó la sopa de Tenfusa. He de reconocer que tiene un paladar finísimo.

Keiko sintió que retrocedía en el tiempo y Nagare continuó:

—El aceite para la tempura tiene siete partes de aceite de sésamo y tres de aceite de girasol. El rebozado es más bien grueso. En cuanto al relleno, casi cualquier ingrediente podría servir, ¿no? Volviendo a la salsa, pese a ser tan original es sencilla de preparar. Le he copiado la receta para que se lo pueda cocinar a sus padres —concluyó Nagare, y puso el archivador en la mesa.

Keiko lo cogió y se quedó mirándolo en silencio.

—Después de que yo alcanzara cierta fama con aquella canción —dijo al fin agachando la cabeza—, mi padre empezó a decirme que no podía volver de Tokio sin lanzar otro éxito; mi madre, en cambio, siempre me ha insistido en que vuelva cuando quiera, que la música no lo es todo. El caso es que me he pasado media vida hecha un lío.

—Seguro que sus padres son buenas personas —repuso Nagare.

—He pasado treinta años dudando, aferrada a una triste canción. ¡Qué estúpida he sido! —exclamó ella enjugándose dos lágrimas con los dedos.

—Yo no conozco su vida al detalle, pero no creo que triunfar sea una cuestión de cantidad. Puede que esa canción le parezca poco, pero ha sido muy importante para mucha gente: yo mismo la canto muy a menudo desde hace años.

Nagare le dirigió una sonrisa cariñosa a Keiko, pero ésta no supo qué responder y simplemente se mordió el labio.

—Una sola canción puede bastar para consolarnos cuando estamos en dificultades —continuó el cocinero—, puede devolvernos las ganas de vivir. Al menos funciona conmigo.

En la mente de Keiko, esas palabras se superpusieron a la imagen del altar budista que había atisbado al fondo de la cocina.

—«Dejemos de llorar, que mañana será otro día...» He oído a mi padre cantar tantas veces esa letra en la ducha que me la he aprendido —intervino Koishi sonriendo.

—«Porque sé que siempre estás mirándome desde el cielo...» —continuó Keiko.

Koishi aplaudió, cautivada por su voz.

—¡Qué voz tan preciosa tiene!

—Muchas gracias, pero ahora temo que me vuelvan a entrar las dudas.

—Todos dudamos muchas veces en la vida, ¿no es cierto? —dijo Nagare.

Ella se quedó rumiando esas palabras.

—En cualquier caso, nos alegramos muchísimo de haber encontrado el plato que buscaba —dijo Koishi volviendo a rellenar la taza de Keiko—. Cuando mi padre me lo dio a probar, me puse muy nerviosa: no estaba segura de que fuera el sabor que estaba buscando. No sabe como ningún otro *ten-don* que yo haya probado.

—Es que los *ten-don* de Kansai tienen un gusto muy suave —apuntó Keiko tras dar un sorbo de té.

—Hasta se ven más claros que los de Kanto —añadió Nagare.

Keiko sacó la cartera del bolso y se dirigió a Nagare:

—Les doy las gracias de corazón. Por favor, dígame cuánto les debo por la comida del otro día, por la investigación y por el festín de hoy.

Koishi se apresuró a entregarle un papelito.

—Por favor, ingrese en esta cuenta la cantidad que crea que vale nuestro trabajo.

—De acuerdo, así lo haré —repuso ella. Dobló la nota, la guardó en la cartera y abrió con parsimonia la puerta corredera.

En cuanto salió a la calle, el gato llegó corriendo a sus pies y ella lo levantó.

—¡Qué envidia me das, Hirune! ¡Ya me gustaría a mí comer todos los días cosas tan ricas!

—¡Pues que sepa que mi padre me tiene prohibido darle frituras! —contó Koishi mirando con afectado rencor a su padre—. Dice que le harían daño, ¡y son su comida favorita, pobre Hirune!

—Pues claro que le harían daño —replicó Nagare—, ese gato se pasa los días durmiendo, ¡no hace ni pizca de ejercicio! La culpa es suya.

—Bueno, podría darle un poquito alguna vez, ¿no? —propuso Keiko dejando al gatito en el suelo—. Una ración pequeñita, como la de *ten-don* que me he comido hoy.

—¿Lo ves? —dijo Koishi.

Keiko hizo una reverencia.

—De nuevo, muchísimas gracias por todo —se despidió, y echó a andar hacia el oeste por la calle Shomen-dori.

Padre e hija se quedaron de pie mirándola. Hirune se había tumbado a sus pies. Pero de pronto la vieron volver.

—Por cierto, el *ten-don*... —empezó a decir.

—Sí, dígame —la animó Nagare.

—Es que tuve la sensación de que el sabor de la segunda ración era diferente.

—Así es: se lo preparé con otra salsa —reveló el cocinero—. La nostalgia es un buen condimento, qué duda cabe, pero sólo hasta cierto punto; si se abusa de ella, termina por aburrir.

Keiko se quedó pensativa unos instantes, como si aquellas palabras la hubiesen inducido a una reflexión más profunda.

—Un pequeño cambio en la condimentación del mismo plato puede causar sensaciones nuevas. El sentido del gusto es algo realmente curioso —añadió Nagare.

—Muchas gracias otra vez —dijo Keiko; hizo una reverencia y reanudó la marcha con paso largo y decidido. Esta vez, su figura se disolvió en el crepúsculo.

—¡Cuídese mucho! —le gritó Nagare mientras él y su hija agitaban la mano.

—¡Uf, qué frío hace! Venga, vamos dentro —propuso Koishi frotándose las manos y encogiendo los hombros.

—Cuando te encoges así pareces una viejecita con chepa, ¡y eso que eres joven! Ya podrías aprender algo del estilo de la señora Fujikawa —comentó Nagare, y se dispuso a entrar, pero antes miró de reojo a Hirune.

—Hoy parecía una persona distinta a la que vino hace dos semanas —señaló Koishi cerrando la puerta.

—Imagino que para ella fue como reencontrarse con un antiguo amor —repuso su padre, y se encaminó hacia la cocina.

Ella lo siguió y, cuando llegaron ahí, dijo dirigiéndose al altar:

—¡Mamá! ¡Papá acaba de decir que la nostalgia termina aburriendo! ¿Qué te parece?

—No me refería a tu madre, boba —se justificó Nagare. Ofrendó incienso y juntó las manos.

—¿Cenaremos *ten-don*? —le preguntó en un momento dado Koishi, que se había sentado detrás de él.

—No hay suficiente si queremos beber sake. ¿Qué te parece si, mientras nos lo comemos, voy preparando tempura de ostras, pez *megochi* y vieiras *itayagai*?

—¡Buena idea! Pero me temo que se nos han acabado los cartuchos de gas para la cocina portátil —dijo ella mirando a su padre con cara de preocupación.

—Menudo problema, voy a por ellas ahora mismo.

Dicho y hecho: se puso el abrigo y salió a la calle.

El gélido viento Hiei-oroshi soplaba del este. Se estremeció y metió las manos en los bolsillos.

La luz que escapaba por las ventanas de las casas alumbraba tímidamente la calle. Se oía a las familias cenando. Nagare levantó la cara para admirar el cielo nocturno mientras cantaba arrojando vaho por la boca:

Una estrella sola, vuelta hacia mí,
brilla en el cielo invernal,
Y es como si dijera:
«Nos veremos mañana de nuevo.»

Luego se quedó callado y, a lo lejos, Hirune lanzó un maullido como si hubiera estado esperando a que terminara la canción.

Índice

**Bienvenidos de nuevo
a la taberna Kamogawa,
el fenómeno internacional
que ha abierto al mundo
el misterio de los sabores
japoneses más deliciosos.**